사랑을 테마로 한

세계 명단편

惠園出版社

차례

그대의 것이 아니거든 보지를 말라!

그대의 마음을 흔드는 것이라면 보지를 말라!

그래도 강하게 덤비거든,

그 마음을 힘차게 불러일으켜라!

사랑은 사랑하는 자에게 찾아갈 것이다.

—J. W. 괴테

알퐁스 도데
(Alphonse Daudet, 1840~1897)

알퐁스 도데는 1840년 5월 13일 프랑스 남부 프로방스 지방의 님
(Nimes)에서 태어났다. 도데가 태어난 프로방스 지방은 햇빛이 따
뜻하고, 공기가 맑고, 자연 풍광이 좋은 곳이었다. 도데가 여덟 살이
되던 무렵 아버지 공장이 두 번씩이나 불이 나는 등 불행이 겹쳐 도
데의 가족은 공장을 폐쇄하고 중부 프랑스의 리용(Lyon)으로 이사
했다.

집안 형편이 어려웠기 때문에 도데는 제대로 된 교육 기관에 다니
지 못하고 교회의 성가대 양성소에서 초등 교육을 받았다. 그리고
열 살 무렵에 아버지 친구의 도움으로 리용에 있는 관립 중학교에
학비 전액을 면제받는 장학생으로 입학할 수 있었다. 이때부터 문학
에 관심을 갖기 시작해 학교 문예지에 습작시와 소설을 발표했다.
열다섯 살이 되던 1855년에 아버지의 사업이 완전히 파산하는 바람
에 대학 진학의 꿈을 버리고, 도데의 가족은 집을 잃고 뿔뿔이 흩어
지는 아픔을 견뎌야 했다. 도데는 친척의 주선으로 아레에 있는 공
립 중학교에 자습 감독 교사로 들어가게 되어, 부족한 학업을 계속
할 수 있었다.

현실의 절망 속에서 고통스러워하며 자살까지 생각했던 2년여의
세월을 견뎌냈고, 다행히 형의 도움으로 그 고통은 끝이 날 수 있었
다. 1857년 도데는 파리에서 자리를 잡은 형 에르네스트의 편지를
받고 파리로 가게 되었다. 이후 도데는 30여 년 간 파리에 머물며

창작 활동을 계속하게 되었다.

1858년에는 처녀 시집인 《연인들 *Les Amoureuses*》을 출간했다. 1868년에 도데는 자신의 어린 시절을 그린 자전적 소설인 장편 《꼬마 *Le Petit Chose*》를 출간하여 문단의 주목을 받았다. 그리고 이어서 프로방스의 물방앗간에 머물며 주로 썼던 작품들을 묶은 단편집 《풍차 방앗간 편지 *Lettres de mon moulin*》(1869년)를 출간했는데, 이 작품집의 성공으로 그는 일약 문단의 각광을 받는 작가로 부상했다.

도데의 최대 걸작이라고 찬사를 받기도 하는 《풍차 방앗간 편지》에는 주로 남프랑스 지방을 중심으로 코르시카, 알제리 등을 배경으로 하여 쓴 단편 소설 24편이 수록되어 있다.

순수한 소년의 사랑이 목가적이면서도 낭만적인 서정 속에서 넘실대는 아름다운 이야기 〈별〉을 비롯해 풍차 방앗간에 대한 애절한 사랑을 통해 사라져 가는 고향 마을에 대한 향수를 담은 〈코르뉴 할아버지의 비밀〉, 남프랑스의 순수한 청년 장의 슬픈 사랑을 그린 〈아를의 여인〉, 그리고 남프랑스 소박한 마을의 평화스러운 정경을 배경으로 수도원에서 쓸쓸한 노년을 보내고 있는 노인들의 순박함을 그린 〈노인들〉 등 그야말로 주옥같은 작품들은 도데의 문명(文明)을 세계에 알리는 아름다운 전령(傳令)이 되고 있다.

1873년 《월요일 이야기 *Les Contes du lundi*》를 출간했다. 《풍차 방앗간 편지》와 쌍벽을 이루는 이 작품집에는 시적인 감성과 유머가 넘실대면서도 진한 휴머니티가 가슴을 울리는 〈마지막 수업〉 등의 명단편들이 수록되어 있다. 도데는 《동생 프로몽과 형 리슬레르》(1874년)의 장편 소설로 아카데미 프랑세즈 상을 받기도 했다.

별

— 프로방스의 어느 목동 이야기

뤼브롱 산에서 목동 생활을 하던 시절, 나는 나의 개 '라브리'와 양 떼만 데리고 사람이라고는 그림자도 구경 못한 채 지냈다. 어쩌다 몽 드 뤼르 산의 수도자들이 약초를 캐러 지나가기도 하고, 피에몽의 숯장수로 보이는 얼굴 까만 사람이 눈에 띄기도 했다. 그러나 그들은 대부분 사람들과 접촉이 없는 생활을 해 왔기 때문에 말수도 적고 세상일에 대해서 전혀 모르는 순박한 사람들이었다. 그래서 2주일에 한 번씩 나에게 식량을 가져다 주기 위해 오는 우리 농장 노새의 방울 소리가 들릴 때나, 꼬마 일꾼 미아로의 명랑한 얼굴이나, 늙은 노라드 아주머니의 빨간 모자가 산마루 위로 나타나는 것이 보일 때, 나는 뛸 듯이 기뻤다. 그런 날은 아랫마을의 누가 세례를 받았고, 누가 결혼을 했다는 등 여러 가지 소식을 전해

들을 수 있었다.

그러나 내가 가장 알고 싶은 것은, 주인집 딸 스테파네트 아가씨가 어떻게 지내는가 하는 것이었다. 근처 마을에서 스테파네트 아가씨만큼 아름다운 여자는 보지 못했다. 나는 별로 흥미없는 체하면서 아가씨가 요즘도 파티나 식사 초대를 자주 받는지, 또 여전히 많은 청년들이 아가씨의 환심을 사러 찾아오는지를 눈치채지 못하게 슬쩍슬쩍 묻곤 했다.

한낱 양치기에 불과한 내가 그런 일들을 알아서 무엇하느냐고 누군가가 묻는다면, 나는 이렇게 대답했을 것이다. '나는 건강한 청년이고, 스테파네트 아가씨는 그때까지 내가 본 사람 중에서 가장 아름다운 아가씨였다'고.

그런데 어느 날, 기다리던 2주일치의 식량이 늦게까지 도착하지 않았다. 오전까지만 해도 그날이 마침 일요일이어서 미사 때문이라고 생각했다. 점심때쯤엔 천둥 번개가 치고 소나기가 억수로 쏟아져서 노새를 몰고 오지 못하는 모양이라고 생각했다. 3시쯤 되어서 소나기도 그치고 하늘이 활짝 개어 물기를 머금은 산이 햇빛을 받아 보석처럼 반짝였다. 그때 나뭇잎에서 떨어지는 물방울 소리와 골짜기의 시냇물 흐르는 소리 사이로 노새의 방울 소리가 들려왔다. 그 소리는 마치 부활절날 울리는 교회 종소리처럼 맑고 경쾌했다.

그런데 오늘 노새를 몰고 온 사람은 늙은 노라드 아주머니도 아니었고, 꼬마 미아로도 아니었다. 그것은 바로 스테파네트 아가씨였다. 아가씨는 먹을 것을 담은 바구니 사이에 반듯하게 앉아, 비 온 뒤 더욱 싱그러워진 산 공기에 뺨을 장밋빛으로 물들이고 있었다. 아름다운 스테파네트 아가씨는 노라드 아주머니는 휴가를 받아 집에 갔고, 꼬마는 앓아 누웠노라고 노새에서 내리며 말해 주었다. 그리고 길을 잃어서 헤매다가 늦었다고 말했다. 꽃 리본에 화려한 치마, 레이스로 치장한 나들이옷을 아름답게 차려입은 모습은 숲 속에서 길을 잃고 헤매었다기보다는 무도회라도 다녀오는 것 같았다.

오, 사랑스러운 아가씨! 아무리 바라보아도 싫증이 나지 않았다. 지금까지 이렇게 가까이에서 아가씨를 본 적은 없었다. 겨울철에 양 떼와 마을로 내려가 농장에 저녁 먹으러 갔다가 가끔 아가씨를 본 적이 있었다. 아가씨는 늘 화려한 옷차림을 하고 약간 새침한 얼굴로 식당을 가로질러 갔는데, 하인들에게 말을 거는 모습을 한 번도 보지 못했다. 그런데 그 아가씨가 지금 내 눈앞에 있는 것이다. 오직 나를 위해서. 그러니 내가 어떻게 넋을 잃지 않을 수가 있을까?

스테파네트 아가씨는 바구니에서 식량을 다 꺼낸 다음, 호기심이 가득 찬 눈길로 주위를 둘러보았다. 아가씨는 나들이옷이 더럽혀지지 않도록 치맛자락을 살짝 치켜들고는 초막 안으로 들어갔다. 아가씨는 짚단과 양가죽을 깐 잠자리며 벽에 걸린 큰 외투와 채찍, 구식 총 따위를 보고 무척 신기해했다. 나에게는 아무것도 아닌 것이 아가씨에게는 모두 신기하고 흥미롭기만 했던 것이다.

"그러니까 여기에서 혼자 산단 말이죠? 가엾어라. 얼마나 따분할까! 그럼 무얼 하며 지내요? 무슨 생각을 하고……."

나는 '당신을 생각한답니다, 아가씨!' 라고 대답하고 싶었다. 그렇게 대답했어도 거짓말은 아니니까. 하지만 가슴이 너무나 뛰어서 한 마디도 할 수 없었다.

아가씨는 그런 사실을 모두 눈치챘는지, 일부러 짓궂은 질문을 했다. 그러고는 당황해서 어쩔 줄 몰라 하는 나를 보며 재미있어했다.

"여자 친구가 가끔 찾아오나요? 당신 여자 친구는 틀림없이 황금빛 양이거나 산의 요정 에스테렐이겠죠?"

그러나 그렇게 말하는 아가씨 자신이야말로 머리를 뒤로 젖히고 귀엽게 웃는 모습이나 갑자기 나타났다가 서둘러 가 버리려는 것이 마치 요정 에스테렐 같았다.

"잘 지내요."

"안녕히 가세요, 아가씨."

마침내 아가씨는 빈 바구니를 가지고 떠났다.

아가씨의 모습이 산비탈 너머로 사라지자, 노새 발굽에 채여 구르는 돌멩이 하나하나가 모두 내 가슴 위로 떨어지는 듯한 느낌이 들었다. 그리고 해질녘까지 꿈 같은 그 순간이 깨어지기라도 할까 봐 나는 꼼짝도 않고 서 있었다.

골짜기가 푸르스름하게 어두워지고 양들이 서로 몸을 밀치고 우리 안으로 들어올 무렵, 비탈 아래서 누군가 나를 부르는 소리가 들렸다. 그리고 스테파네트 아가씨의 모습이 나타났다. 조금 전, 나를 짓궂게 놀리던 명랑한 모습은 찾아볼 수 없었다. 물에 흠뻑 젖은 채 추위와 두려움에 떨고 있었다. 소나기로 물이 불은 소르그 냇물을 무리하게 건너려다가 그만 물살에 휩쓸릴 뻔했던 모양이었다.

더욱 안타까운 일은 이제 농장으로 돌아가는 것은 엄두도 못 내게 되었다는 것이었다. 왜냐하면 지름길이 있긴 하지만 아가씨 혼자 그 길을 찾아갈 수는 없었다. 그렇다고 내가 양 떼를 두고 아가씨를 따라갈 수도 없었다.

산에서 밤을 새워야 한다는 사실에 아가씨는 무척 당황해 했다. 게다가 가족들이 걱정할까 봐 더욱 안절부절못했다. 나는 최선을 다 해서 아가씨를 안심시키려고 했다.

"아가씨, 걱정하지 마세요. 7월이라서 밤이 아주 짧으니까 조금만 참으면 돼요."

나는 아가씨의 젖은 옷과 발을 말릴 수 있도록 서둘러 모닥불을 피웠다. 그러고는 우유와 치즈를 내놓았다. 하지만 불안에 떠는 가엾은 아가씨는 불을 쬘 생각도, 음식을 먹을 생각도 하지 않았다. 아가씨의 커다란 두 눈에 눈물 방울이 맺히는 것을 보니, 나도 그만 울고 싶어졌다.

그러는 동안 해가 완전히 졌다. 산등성이에 석양빛이 희미하게 남아 있을 뿐이었다.

나는 아가씨에게 초막 안으로 들어가서 쉬라고 말했다. 깨끗한 짚단을 새로 깔고 그 위에 새 모피를 펴놓고 아가씨에게 잘 자라는 인사를 했다. 그리고 나는 밖으로 나와 문앞에 앉았다. 가슴속에서 아가씨를 사랑하는 마음이 불길처럼 격렬하게 타올랐다. 그러나 나는 마음을 진정시키고 아가씨를 보호해야 한다고 마음속으로 하느님께 맹세했다. 신기하다는 듯이 아가씨를 바라보는 양들 곁에서, 그 어떤 양보다 고귀하고 순결한 아가씨가 내 보호 아래 편안히 쉬고 있다는 사실이 그저 자랑스럽기만 했다. 어느 때보다도 밤하늘이 높아 보이고 찬란하게 보였다.

얼마 후 갑자기 초막의 문이 열리며 스테파네트 아가씨가 나왔다. 양들이 움직이면서 짚을 건드리고, 잠결에 '매애 매애!' 우는 소리를 내기 때문에 잠을 이룰 수 없었던 모양이었다.

나는 양가죽 모피를 아가씨의 어깨에 덮어 주고 모닥불을 돋우었다. 우리들은 아무 말도 하지 않고 나란히 앉아 있었다.

별이 아름답게 빛나는 곳에서 밤을 세워 본 적이 있는 사람이라면, 모두들 잠이 든 시간에 또 다른 신비한 세계가 고요

속에서 눈을 뜬다는 사실을 알 것이다. 샘물은 더 맑은 소리로 노래하고, 연못에서는 작은 불꽃들이 반짝인다. 산의 정령들이 자유롭게 움직이고, 대기 속에서는 나뭇가지나 풀잎들이 자라는 소리 같은, 들릴 듯 말 듯한 작은 소리들이 들려온다. 낮이 살아 움직이는 것들의 세상이라면, 밤은 생명이 없는 움직이지 않는 것들의 세상이다. 하지만 그런 것들을 모르는 사람은 밤을 무서워한다.

그래서 스테파네트 아가씨도 바들바들 몸을 떨면서, 바스락 소리만 나도 내 곁으로 바싹 다가앉았다. 한 번은 저 아래 반짝이는 연못에서 슬픈 소리가 길게 울려왔다. 바로 그 순간, 아름다운 별똥별 하나가 미끄러지듯 큰 반원을 그리며 우리들의 머리 위를 스쳐갔다. 마치 방금 들은 그 소리가 빛을 끌고 지나가는 것 같았다.

"저게 대체 뭐죠?"

스테파네트 아가씨가 낮은 목소리로 물었다.

"천국으로 들어가는 영혼입니다, 아가씨."

그렇게 대답하며 나는 별똥별을 보고 성호를 그었다.

아가씨도 나를 따라 성호를 그었다. 그러고는 머리를 젖혀 밤하늘을 보고 생각에 잠겼다. 그러다가 이윽고 내게 물었다.

"양치기들은 모두 마법사라고 하던데, 정말인가요?"

"그건 사실이 아니에요, 아가씨. 하지만 여기에서 살면 별들과 더 가까우니까 산 아래에 사는 사람들보다는 하늘 나라의 일을 더 잘 알지요."

아가씨는 여전히 하늘을 쳐다보고 있었다. 양가죽 모피를 두른 채 한 손으로 턱을 괸 모습은 마치 하늘 나라에서 내려온 사랑스러운 양치기 같았다.

"어쩌면 아름다운 별들이 저렇게 많을까! 저렇게 많은 별들을 보는 건 처음이에요. 당신은 저 별들의 이름을 다 알고 있나요?"

"그럼요, 아가씨. 잘 보세요. 바로 우리 머리 위에 있는 것이 '성 자크의 길(은하수)' 이죠. 저건 프랑스에서 스페인까지 곧장 뻗어 있지요. 용감한 샤를마뉴 왕이 사라센 제국과 전쟁을 할 때 갈리시아의 성 자크가 샤를마뉴 왕에게 길을 가르쳐 주기 위해서 그려 놓았다고 해요.

그보다 조금 떨어진 곳에 '영혼들의 수레(큰곰자리)'가 4개의 번쩍이는 별들과 함께 있지요. 앞에 있는 3개의 별이 '세 마리의 짐승'이고, 그 세 번째 별의 맞은편에 있는 작은 별이 바로 '마부'랍니다. 그 주변에 마구 흩어져 있는 별들이 보이죠? 그것들은 하느님께서 천국에 들여놓고 싶어하지 않는 영혼들이에요.

조금 더 아래쪽에 있는 별이 '쇠스랑' 또는 '삼왕성(오리온)'이라는 별입니다. 우리 양치기들이 시계로 삼는 별이기도 하지요. 저것들만 봐도 전 지금 자정이 지났다는 것을 알 수 있어요. 그보다 더 아래에서 빛나고 있는 게 '장 드 밀랑(시리우스)'이죠. 하늘의 횃불과 같아요. 저 별에 관해서는 우리 양치기들 사이에 이런 이야기가 전해오고 있답니다.

어느 날 밤, '장 드 밀랑'이 '삼왕성'이랑 '병아리 상자(북두칠성)'와 함께 친구 별의 결혼식에 초대를 받았답니다. '병아리 상자'가 가장 먼저 길을 떠났는데, 위쪽 길을 택했답니다. 저기 보이지요? 저쪽 하늘 꼭대기 말입니다. '삼왕성'은 좀 아래쪽으로 가로질러가서 '병아리 상자'를 따라잡았습니다. 그런데 게으름뱅이 '장 드 밀랑'은 늦잠을 자는 바람에 한참 뒤로 처지고 말았어요. 약이 바싹 오른 '장 드 밀랑'은 그들을 멈춰 세우려고 그들을 향해 지팡이를 던졌답니다. '삼왕성'이 '장 드 밀랑의 지팡이'로 불리는 이유가 바로 그것이지요.

하지만 모든 별 중에서 가장 아름다운 것은 뭐니뭐니해도 우리들의 별인 '목동의 별'이에요. 그 별은 새벽에 양 떼를 몰고 나갈 때, 또 저녁에 돌아올 때 우리들을 반갑게 비춰 주곤 하지요. 우리들은 그 별을 '마글론'이라고도 불러요. '프로방스의 피에르(토성)'의 뒤를 따라가서 7년에 한 번씩 결혼을 하는 아름다운 별이랍니다."

"어머나! 별들도 결혼을 하나요?"

"그럼요, 아가씨."

별들의 결혼에 대해서 설명하려고 하다가, 나는 향긋하고 부드러운 것이 어깨 위에 살포시 얹히는 것을 느꼈다. 그것은 잠이 들어 무거워진 아가씨의 머리였다. 물결치는 머리카락과 리본, 레이스가 내 어깨 위로 아름답게 헝클어져 있었다.

아가씨는 날이 밝아 별들이 빛을 잃을 때까지 잠들어 있었다. 나는 아가씨의 잠든 모습을 보며 마음이 약간 흔들렸다. 하지만 그 맑은 밤의 신성한 보호를 받은 아름다운 생각 외에는 아무것도 할 수 없었다. 머리 위에서는 수많은 별들이 우리로 돌아가는 양 떼들처럼 조용하게 우리를 지켜보며 제 길을 계속 가고 있었다. 그리고 나는 이따금 이런 생각을 했다. 세상에서 가장 아름답고 가장 빛나는 별 하나가 길을 잃고 내려와 내 어깨에 머리를 기대고 잠들었다고……

아를의 여인

풍차 방앗간을 따라서 마을로 내려가다 보면, 팽나무가 있
는 커다란 정원의 농가 앞을 지나게 된다. 이 농가는 프로방
스 지방의 전형적인 지주의 집이었다. 붉은 기와 지붕과 다갈
색의 넓은 벽에는 불규칙적으로 창문이 나 있다. 그리고 지붕
위로는 곳간의 바람개비와 짚단을 매달아올리는 데 사용하는
도르래가 솟아 있고, 누런 건초 몇 단이 비죽 나와 있다.

그런데 왜 이 집이 나의 마음을 끌게 되었는지 알 수 없다.
닫혀진 창문을 보면 이상하게도 가슴이 뭉클해졌다. 그 이유
를 말로 표현할 수는 없지만, 하여튼 이 집을 보면 몸이 오싹
해지곤 했다.

집 주위는 너무나 적막했다. 사람들이 지나다녀도 개는 짖
지 않았고, 닭들도 저만큼 달아나 버렸다. 집 안에서는 아무

소리도 들리지 않았다. 당나귀의 방울 소리조차도, 창문의 하얀 커튼과 지붕 위로 솟아오르는 연기마저 없었다면 아무도 살고 있지 않다고 생각했을 것이다.

어제 한낮쯤 나는 마을에서 돌아오는 길에 햇빛을 피하느라고 이 집의 담을 따라서 팽나무 그늘 속을 걷고 있었다. 때마침 문이 열려 있어서 하인들이 말없이 짐을 싣고 있는 것이 보였다. 지나가면서 들여다보았더니 머리를 양 손으로 감싼 채 커다란 정원 테이블에 팔꿈치를 괸, 덩치가 큰 백발 노인이 있었다. 짧은 윗저고리와 낡은 반바지 차림이었다. 나는 걸음을 멈추고 서서 노인을 바라보았다. 그러자 하인 한 사람이 다가와 낮은 목소리로 나에게 말했다.

"쉿! 조용히 하세요. 아드님의 불행이 있고 나서부터 언제나 저러고 계신답니다."

그때 상복을 입은 부인과 소년이 금박을 입힌 두꺼운 기도책을 들고 우리 곁을 지나 집 안으로 들어갔다.

그 하인이 다시 속삭였다.

"미사에 다녀오시는 마님과 작은 도련님이에요. 큰도련님이 자살한 뒤로는 매일 미사에 나가시지요. 정말 가슴아파서 못 보겠어요. 더군다나 주인 어른은 아직도 죽은 아드님의 옷을 입고 있답니다. 아무리 벗으시라고 해도 꿈쩍도 하지 않으십니다. 전 그럼 이만 ……. 이랴, 워워!"

마차가 떠날 채비를 하기에 나는 마부에게 옆에 태워 달라고 부탁했다. 이야기를 좀더 자세하게 듣고 싶어서였다. 그리고 마차 위에서 그 슬픈 이야기를 듣게 되었다.

큰아들의 이름은 장이었다. 20세의 청년으로 순수하고 건강하며 명랑했다. 얼굴이 잘생겼기 때문에 젊은 여자들의 눈길을 끌었지만, 그의 머릿속에는 오로지 한 사람밖에 없었다. 아를의 투기장에서 한 번 만난 일이 있는 벨벳과 레이스로 치장을 한 젊은 여인이었다.

집안에서는 두 사람의 관계를 달가워하지 않았다. 그 여자는 바람둥이로 소문이 나 있었고, 그녀의 부모는 이 고장 사람이 아니었기 때문이었다. 그러나 장은 어떤 일이 있어도 그 아가씨와 결혼하고 싶어했다.

"그 여자와 결혼하지 못한다면 차라리 죽어 버리고 말겠어."

장은 항상 그렇게 말했다.

장의 부모는 아들의 고집을 꺾을 수 없었기 때문에 추수가 끝나면 결혼을 시키기로 결정했다.

그러던 어느 일요일 저녁, 정원에서 가족들이 저녁 식사를 하고 있었다. 축하 파티였다. 그 여인은 참석하지 않았지만 신부를 위해 모두 축배를 들었다.

그때 한 남자가 문 앞에 나타나서 떨리는 목소리로 장의 아버지인 에스테브 영감님과 단둘이 할 이야기가 있다고 했다. 에스테브 영감은 일어나서 밖으로 나갔다.

"영감님, 영감님의 아드님과 결혼하려는 그 여자는 저와 지난 2년 동안 깊이 사귀어 왔습니다. 제 이야기는 사실입니다. 여기 증거가 될 만한 편지도 있습니다. 그녀의 부모님도 딸을 주기로 저와 약속했습니다. 그런데 영감님의 아들이 그녀를 좋아한 후부터는 그녀의 부모님이나 그녀도 저를 꺼리게 되었습니다. 그렇지만 저와의 관계가 있는 이상 그녀를 다른 사람의 아내가 되게 할 수는 없다고 생각했습니다."

에스테브 영감은 그 편지를 읽고 나서 말했다.

"무슨 말인지 잘 알겠소. 안으로 들어가서 포도주라도 한잔 하지 않겠소?"

"감사합니다만 저는 지금 목이 마르기보다 가슴이 너무 아파서 견딜 수가 없습니다."

그 남자는 이런 말을 남기고 가 버렸다.

에스테브 영감은 아무 일도 없었던 것처럼 다시 식탁으로 돌아와서 의자에 앉았다. 식사는 즐겁게 끝났다.

그날 밤, 에스테브 영감과 아들은 함께 들로 나갔다. 두 사람은 오랫동안 밖에 있었다. 두 사람이 돌아올 때까지 장의 어머니는 자지 않고 기다리고 있었다.

"여보, 이 아이를 따뜻하게 안아 주구려. 가엾은 아이요."

장은 더 이상 아를의 여인에 대해서 이야기하지 않았다. 그러나 변함 없이 그녀를 사랑하고 있었다. 다른 남자의 여자라는 사실을 듣고 나서는 그녀를 사랑하는 마음이 더욱 커져 갔다. 다만 자존심이 강했기 때문에 아무 말도 하지 않을 뿐이었다. 가엾게도 그런 성격이 그를 죽음으로 이끌었던 것이다.

어떤 날은 아침부터 밤까지 방에 틀어박혀 꼼짝도 하지 않았다. 또 어떤 날은 밭에 나와서 혼자 열 사람 몫의 일을 미친 듯이 해치웠다.

저녁이 되면 그는 아를로 가는 길을, 마을의 높은 종탑이 서쪽에 보일 때까지 똑바로 걸어갔다가 되돌아오기도 했다. 그러나 결코 그보다 멀리 가지는 않았다.

장이 이렇게 슬퍼하며 외로워하는 것을 본 농가 사람들은 어찌할 바를 몰랐다. 사람들은 불행한 일이 일어날까 봐 걱정하고 있었다.

어느 날 식탁에서 어머니는 눈물을 글썽이며 아들에게 말했다.

"애야, 네가 그토록 원한다면 무슨 수를 쓰든 결혼하게 해 주마."

그러자 장의 아버지는 얼굴을 붉히며 고개를 숙였다.

장은 고개를 흔들더니 밖으로 나갔다.

이때부터 그의 태도가 달라졌다. 장은 부모님을 안심시키기 위해서 늘 명랑한 척했다. 무도회장이나 술집, 또 소 시장을 드나들며 사람들과 어울렸으므로 안정을 되찾은 듯했다. 축제에서는 파랑돌 춤을 추기도 했다.

"저애가 이제 상처를 떨쳐 낸 모양이야."

아버지는 기뻐했지만 어머니는 여전히 불안했다. 그리고 전보다 더 유심히 아들을 살폈다. 장은 누에 치는 방 바로 옆에서 동생과 함께 자기 때문에 어머니는 그들의 방 옆으로 침대를 옮겼다. 밤중에 누에를 살펴야 할 일이 있을지도 모른다고 핑계를 대면서.

지주들의 수호신인 성 엘루아 축제날이 돌아왔다.

농가에서는 큰 잔치가 벌어졌다. 샴페인과 포도주가 넘쳐났고, 또한 마당에는 횃불이 타오르고 팽나무에 오색 등불이 가득히 걸렸다.

성 엘루아 만세!

마을 사람들은 모두 지치도록 춤을 추었다. 장의 동생 새 옷에 불이 붙어 한바탕 소란이 일긴 했지만 불을 끈 뒤 사람들은 배를 잡고 웃었다. 장도 퍽 즐거워 보였다. 그는 어머니에게 춤추자고 졸랐고, 어머니는 기쁨의 눈물을 흘렸다.

한밤중이 되자 사람들이 모두 돌아갔다. 그러나 장은 잠을 이룰 수가 없었다. 나중에 동생에게 들은 이야기로는 장이 밤새도록 흐느껴 울었다고 한다. 그는 애써 명랑한 척했으나 사실은 너무나 괴로웠던 것이다.

다음날 새벽녘 어머니는 누군가 자신의 방 앞을 달려나가는 소리를 들었다. 어떤 불길한 예감이 그녀를 사로잡았다.

"장, 장이니?"

그러나 아무 대답이 없었다. 장은 이미 계단 쪽으로 뛰어가고 있었다. 어머니는 서둘러 일어났다.

"장, 어디 가니?"

장은 다락방으로 올라갔다. 어머니도 아들을 뒤따랐다.

"얘야, 부탁이다!"

장은 문을 닫고 잠가 버렸다.

"장, 내 아들 장. 대답 좀 하렴. 너 어쩌려는 거니?"

어머니는 손을 떨면서 더듬더듬 문고리를 찾았다. 그때 창문이 열리는 소리가 나더니 마당 위로 무언가 떨어지는 둔탁한 소리가 났다. 그리고 곧 잠잠했다.

가엾은 장은 이렇게 생각했던 것이다.

'아무래도 그녀를 잊을 수가 없어. 이렇게 괴로울 바에야 차라리 죽는 게 낫겠어.'

정말 사람의 마음은 얼마나 약한 것인가! 상대를 경멸하면서도 사랑하는 마음을 어쩌지 못하니……

그날 아침, 마을 사람들은 에스테브 집 쪽에서 누가 그렇게 슬프게 울었는지 수근거렸다. 정원의 이슬과 피로 물든 돌 탁자 앞에서 죽은 아들을 양 팔로 껴안고 몸부림치며 통곡하던 이는 바로 장의 어머니였다.

오 헨리

(O. Henry, 1862~1910)

미국 노스캐롤라이나 주 그린즈버로에서 출생. 본명은 윌리엄 시드니 포터이다. 의사인 아버지와 예술적 감각이 뛰어난 어머니의 기질을 물려받았지만 불행히도 오 헨리가 3살 때 어머니가 돌아가셨다.

그 후 노처녀인 고모에게서 자라면서 다양한 삶을 경험하게 되었다. 약제사 견습, 목장의 일꾼, 회사 사무원 등을 전전하다가 아내의 권유로 글을 쓰기 시작했다.

1904년에 첫 단편집 ≪양배추와 임금님 *Cabbages and Kings*≫에 이어 1906년에 제2단편집 ≪4백만 *The Four Million*≫이 나옴으로써 작가적 명성과 지위를 확고하게 다지게 되었다. 우리 나라에도 잘 알려진 〈크리스마스 선물〉과 〈마지막 잎새〉 등도 이 작품집에 수록되어 있다. 그 외에도 ≪서부의 마음 *Heart of the West*≫과 ≪운명의 길 *Roads of Destiny*≫ 등의 단편집도 있다.

오 헨리는 10년이 채 안 되는 작가 생활 동안에 13권의 단편집과 1권의 시집을 포함해 총 300여 편의 작품을 남겼다.

미국의 단편 소설을 이해하기 위해서는 오 헨리의 단편 소설을 이해해야 한다. 이것은 그의 작품들이 가장 미국적인 삶의 여러 모습을 가장 자세하고 선명하게 그려 내고 있기 때문이다.

착상의 기발함과 구성의 교묘함 등을 통해서 보여 준 그의 천재성은 그를 미국 문학사에서 사라지지 않을 인물로 만들어 주었다. 그의 작품이 전해 주는 따뜻한 웃음과 찡한 정서적 울림은 유머와 위트 그리고 페이소스 속에 깃들어 있는 휴머니즘 때문이다.

기발한 아이디어, 독특한 어휘 선택, 결말의 의외성, 다양한 인생의 단면으로 이루어진 그의 작품들이 단순한 재미만 주는 것이 아니라 깊은 감동과 지울 수 없는 인상을 주는 것은 그 속에 스며들어 있는 작가의 고결한 휴머니즘 때문인 것이다.

크리스마스 선물

1달러 87센트, 그것이 전부였다. 그리고 그 중 60센트는 1 센트짜리 동전이었다. 이 동전은 식료품 가게와 채소 가게와 정육점에서 억지로 값을 깎아, 쩨쩨하고 인색하다는 무언의 비난에 얼굴을 붉히면서 한 푼 두 푼 모은 것이었다. 델라는 세 번이나 돈을 세어 보았다. 내일이 크리스마스인데 돈은 여전히 1달러 87센트였다.

초라한 침대에 엎드려 엉엉 우는 수밖에 어찌할 도리가 없었다. 그러면서 어쩌면 인생이란 기쁨보다는 슬픔이 훨씬 더 많은 부분을 차지할 것이라는 생각을 했다.

이 집 안주인인 델라의 흐느낌이 서서히 가라앉을 동안 이 가정을 한번 둘러보기로 하자.

1주일에 8달러의 집세를 내는 가구가 딸린 작은 아파트는

떠돌이들을 단속하는 경찰들이 뛰어들어올까 봐 걱정이 될
정도는 아닐지라도 매우 초라했다.

아래층 현관에는 도무지 편지가 들어갈 것 같지 않은 우편
함이 있다. 그리고 어떤 손가락이 눌러도 울릴 것 같지 않은
벨이 있었다. 거기에 '제임스 딜링검 영'이라고 새겨진 명패
가 붙어 있었다.

이 '딜링검'이라는 이름은 그 주인이 1주일에 30달러를 받
던 경기가 좋던 지난날에는 산들바람에도 당당해 보였다. 그
러나 수입이 1주일에 20달러로 줄어든 지금은 이상하게도
'딜링검'이라는 글자가 유난히 길게 느껴졌다.

그러나 제임스 딜링검 영 씨가 귀가해서 2층 셋방으로 들
어가면 변함 없이 그의 아내 델라가 '짐!'이라고 부르며 뜨거
운 포옹을 해 준다. 매우 아름답고 행복해 보이는 광경이다.

이윽고 델라는 울음을 그치고 분첩으로 얼굴에 분을 발랐
다. 그녀는 창가에 서서 잿빛 뒷마당 담장 위로 고양이가 어
슬렁거리는 것을 멍하니 바라보았다.

내일은 크리스마스, 그러나 짐에게 줄 선물을 살 돈은 불과
1달러 87센트밖에 없었다. 몇 달 동안이나 1센트도 허비하지
않고 모아왔으나, 1주일에 20달러로는 써 볼 것도 없었다. 지
출은 늘 예산을 훨씬 넘었다. 으레 그런 법이다.

짐의 선물을 살 돈은 불과 1달러 87센트. 그녀에겐 가장 소

중한 사람인데. 짐에게 무언가 근사한 것을 선물할 계획을 세우면서 얼마나 즐거운 시간을 보냈던가! 무언가 품위가 있으면서 흔치 않은 것, 짐의 것이라서 더욱더 빛나는 것을 선물하고 싶었는데…….

방의 창문과 창문 사이에 좁다란 거울이 걸려 있었다. 허름한 아파트 같은 데서 흔히 볼 수 있는 거울이었다.

몹시 야위고 민첩한 사람이라야 재빨리 그러나 꽤 정확히 자신의 모습을 얼핏 비춰볼 수 있을 것이다. 델라는 몸이 호리호리했으므로 그런 기술이 몸에 배어 있었다.

갑자기 그녀는 창문에서 홱 몸을 돌려 거울 앞에 섰다. 눈은 반짝반짝 빛났지만 얼굴은 금세 백짓장처럼 창백해졌다. 그녀는 재빨리 머리를 풀어헤쳐 길이대로 늘어뜨려 보았다.

이들 부부에게는 자랑으로 여기는 소유물이 두 가지 있었다. 하나는 일찍이 할아버지대부터 물려 내려오던 짐의 금시계였고, 또 하나는 델라의 머리카락이었다.

만일 시바의 여왕이 건너편 아파트에 살고 있어서 어느 날 델라가 창가에서 머리채를 늘어뜨려 말리고 있는 것을 보았다면 자신의 보석과 보물이 모두 하찮은 것으로 여겨졌을 것이다.

또 솔로몬 왕이 온갖 보화를 지하실에 산더미처럼 쌓아 놓고 이 아파트를 관리하고 있었다면, 짐이 지날 때마다 금시계

를 꺼내 보는 것을 보고 부러워서 턱수염을 쥐어뜯었을 것이다.

지금 델라의 아름다운 머리채는 갈색의 폭포처럼 잔잔하게 물결치며 등 뒤로 드리워져 있었다. 그것은 무릎 아래까지 흘러내려 마치 긴 망토처럼 되었다.

델라는 재빨리 머리를 땋아 올렸다. 그러다 잠깐 망설이며 가만히 서 있더니, 이윽고 눈물을 한 방울 두 방울 붉은색 낡은 카펫 위로 떨어뜨렸다.

그녀는 낡은 갈색 재킷을 걸치고, 낡은 갈색 모자를 썼다. 스커트 자락을 펄럭이며, 두 눈에 아직도 반짝이는 눈물을 담은 채 밖으로 뛰어나갔다.

그녀가 걸음을 멈춘 곳은 '마담 소프로니 미용품 일체'라는 간판이 걸려 있는 곳이었다. 그녀는 층계를 단숨에 달려올라가서 헉헉 숨을 몰아쉬며 마음을 가라앉혔다.

몸집이 크고 창백하리만치 흰 피부를 가진, 쌀쌀맞아 보이는 여주인은 아무리 보아도 '소프로니'라는 이름과는 어울리지 않았다.

"내 머리카락을 사시겠어요?"

델라가 물었다.

"그러죠."

여주인이 냉랭하게 대답했다.

"모자를 벗고 머리 모양을 좀 보여 줘요."

갈색 폭포수가 잔잔한 파도를 일으키며 쏟아져 내렸다.

"20달러 드리지."

익숙한 솜씨로 머리채를 걷어올리면서 여주인이 만족한 듯 말했다.

"지금 바로 돈을 주세요."

델라가 말했다.

아아, 그 뒤의 두 시간은 장밋빛 날개를 달고 훨훨 날아다니는 것만 같았다. 그녀는 짐에게 줄 선물을 찾아서 가게를 샅샅이 뒤지고 다녔던 것이다.

그러다가 마침내 그녀는 눈에 띄는 물건을 발견했다. 누가 뭐래도 그것은 짐을 위해서 만들어진 것이며, 다른 사람에겐 전혀 어울리지 않는 것이라고 생각되었다.

어떤 가게에도 그것과 똑같은 것은 없었다. 가게란 가게를 모조리 뒤지고 다닌 결과 디자인이 단순하면서도 품위 있어 보이는 백금 시곗줄을 찾아 낸 것이다. 요란한 장식이 없어도 단번에 고급품임을 알 수 있는 것이었다. 또한 짐의 시계에도 썩 잘 어울릴 것 같은 물건이었다. 그것을 보는 순간 그녀는 이거야말로 짐의 것이라고 생각했다.

그것은 짐을 위한 것이었다. 품위와 가치, 이 표현은 짐과 시곗줄 양쪽에 적합했다. 그녀는 시곗줄에 21달러를 지불한 뒤 잔돈을 들고 부랴부랴 집으로 돌아왔다. 그 시계에 이 줄을 단다면 짐은 누구 앞에서나 떳떳하게 시계를 꺼내볼 수 있을 것이다. 시계는 훌륭했지만 쇠줄 대신 헌 가죽끈이 달려 있어서 짐은 남들이 보지 않을 때 몰래 시계를 들여다보곤 했다.

집으로 돌아온 델라는 흥분이 좀 가라앉자 이성과 분별을 되찾게 되었다. 그녀는 머리를 지지는 인두를 꺼내어 가스에 불을 붙이고 남편을 사랑하는 마음 때문에 엉망이 되어 버린 머리를 다듬기 시작했다.

40분이 안 되어 델라의 머리는 촘촘하게 찬 조그만 고수머리로 덮이고, 초등학교 개구쟁이를 놀랍도록 닮은 얼굴이 되어 버렸다. 그녀는 거울에 비친 자신의 모습을 오랫동안 뚫어지게 들여다보았다.

"짐은······."

델라는 혼자 중얼거렸다.

"나를 보고 화를 내진 않더라도 아마 코니아일랜드의 합창대 소녀 같다고 할 거야. 하지만 하는 수 없었는걸. 1달러 87센트로 무얼 할 수 있었겠어?"

7시가 되자 커피를 끓이고, 스토브 위의 프라이팬은 언제라도 고기를 요리할 수 있게 달구어졌다.

짐은 늦게 돌아온 적이 없었다. 델라는 시곗줄을 접어 손에 쥐고, 문 가까운 탁자 끝에 앉았다. 잠시 후 그녀는 층층대의 첫 단을 밟는 그의 발자국 소리를 들었다. 그 순간 그녀의 얼굴은 하얗게 핏기를 잃었다. 그녀는 아주 사소한 일이라도 반드시 짧은 기도를 드리는 버릇이 있었다.

"오오 하느님, 제가 여전히 아름답다고 그이가 생각하게 해주세요."

문이 열리고, 짐이 들어온 뒤 문을 닫았다. 그의 야윈 몸은 오늘따라 더욱 작게 느껴졌다. 가엾게도 그는 이제 겨우 22살인데도 가정이라는 무거운 짐을 지고 있었다. 외투는 물론 장갑조차도 없었다.

짐은 문 안으로 들어온 뒤 메추라기의 냄새를 맡은 사냥개처럼 꼼짝도 않고 서 있었다.

그의 눈은 델라에게서 떨어지지 않았으며, 그 눈에는 델라가 읽을 수 없는 표정이 떠올라 있어서 그녀는 두려웠다. 그것은 노여움도, 놀라움도, 책망도, 공포도 아니었다. 그는 그 기묘한 표정을 얼굴에 띤 채 꼼짝도 않고 그녀를 응시하고 있을 뿐이었다.

델라는 몸을 비틀거리며 탁자에서 떨어져 남편 앞으로 다가섰다.

"짐!"

그녀가 외쳤다.

"절 그렇게 보지 마세요. 당신에게 선물도 하지 않고 크리스마스를 보낼 순 없어서, 머리카락을 잘라서 팔았어요. 걱정 말아요. 제 머리는 금방 자라니까요. '메리 크리스마스!' 라고 얘기해 주세요, 짐. 그리고 유쾌하게 지내요. 당신은 내가 당신께 드리려고 얼마나 근사하고……, 얼마나 아름답고, 멋진 선물을 사 왔는지 모르실 거예요."

"머리를 잘랐다구?"

짐은 그 사실이 아직 납득이 가지 않는 것처럼 간신히 물었다.

"그래요, 잘라서 팔았어요."

델라가 대답했다.

"어쨌든 당신은 전과 다름없이 절 사랑해 주시겠죠? 머리카락이 짧아졌어도 전 역시 저예요. 그렇잖아요?"

짐은 이상하다는 듯이 방 안을 둘러보았다.

"당신 머리카락은 이제 없어졌단 말이지?"

그는 넋이 나간 표정으로 멍청하게 말했다.

"찾아볼 것도 없어요."

델라가 말을 이었다.

"팔아 버렸다니까요, 팔아서 이제 없어진 걸요. 오늘 밤은 크리스마스 이브예요, 여보. 저한테 다정하게 대해 주세요. 그건 당신을 위해서 없어진 걸요. 제 머리카락을 한 올 한 올 셀 수 있을는지 모르지만……."

갑자기 그녀는 정답게 그리고 진지하게 말을 이었다.

"하지만 당신을 향한 제 사랑은 아무도 셀 수 없어요. 고기를 불에 올려 놓을까요, 짐?"

짐은 그 순간 제정신이 든 것 같았다. 그는 델라를 껴안았다.

여기서 한 10초쯤 점잖게 이들과 관계없는 다른 방면의 그리 중요하지 않은 일이나 살펴보기로 하자.

1주일에 8달러거나 1년에 1백만 달러거나, 그게 무슨 차이가 있을까? 수학자나 재담꾼에게 물어보아도 옳은 대답은 얻지 못할 것이다. 아기 예수를 위해 동방 박사들이 가져온 선물 속에도 그 해답은 없었다. 이 애매한 말의 뜻은 곧 알게 될 것이다.

짐은 외투 주머니에서 조그만 꾸러미 하나를 꺼내어 탁자 위에 올려 놓았다.

"나를 오해하지 말라구, 델라."

그가 말했다.

"머리카락을 잘랐거나 면도로 밀었거나 당신에 대한 내 사랑은 달라지지 않아. 아무튼 그걸 끌러 보라구. 그러면 왜 내가 아까 넋이 나갔었는지 알 수 있을 테니까."

델라의 하얀 손가락이 재빨리 끈을 풀고 종이를 펼쳤다. 이어서 황홀한 기쁨의 탄성이 터져 나왔다. 그리고 아아! 그것은 금방 눈물과 통곡으로 변하고, 남편은 있는 힘을 다 하여 아내를 달래야만 했다.

왜냐하면 짐의 선물은 머리빗이었기 때문이다. 델라가 오랫동안 브로드웨이의 진열창에서 보고 동경하던 옆빗과 뒷빗 한 세트. 가장자리에 보석을 아로새긴 진짜 별갑으로 만든 아름다운 빗이었으며, 예전의 그녀 머리에 꼭 어울리는 빛깔이었다. 비싼 물건이라는 것을 그녀는 알고 있었으며, 그러기에 그저 가슴속으로만 열망했지, 자신이 갖는다고는 꿈에도 생각지 못했던 빗이었다.

그런데 지금 그것이 그녀의 것이 된 것이다. 그러나 그 동경의 물건을 장식할 삼단 같은 머리채는 이제 간 곳이 없었다.

그러나 그녀는 빗을 가슴에 꼭 안고, 마침내 눈물이 글썽한 눈을 들어 방긋 웃으면서 말했다.

"내 머리는 아주 빨리 자라요, 짐!"

그리고 델라는 털을 그을린 고양이 새끼처럼 팔짝 뛰어오르면서 소리쳤다.

"어머나, 내 정신 좀 봐!"

짐은 아직도 자신의 선물을 보지 못했다. 델라는 그것을 손바닥 위에 얹어 진지하게 그 앞에 내밀었다.

둔한 빛깔의 백금줄은 그녀의 열렬한 애정을 반영하여 더욱 빛을 내는 것같이 보였다.

"멋있죠, 짐? 온 시내를 다 쏘다니면서 찾은 거예요. 앞으

로는 하루에 백 번도 더 시계가 보고 싶어질 거예요. 시계 이리 주세요. 이 줄이 그 시계에 얼마나 잘 어울리나 보고 싶어요."

그러나 짐은 침대에 벌렁 드러눕더니 두 손을 머리밑에 괴고는 빙그레 웃었다.

"델라!"

하고 그가 말했다.

"우리들의 크리스마스 선물은 당분간 잘 간직해 둡시다. 당장 쓰기에는 너무 고급이야. 나는 머리빗을 사느라고 시계를 팔아 버렸지. 자, 이제 고기를 불에 올려 놓지 그래?"

여러분도 다 알다시피 동방 박사들은 말 구유에서 태어난 아기 예수에게 선물을 가져다 준 현명한 사람들이었다. 사람들이 크리스마스에 선물을 주고받게 된 것도 바로 이들로부터 시작되었던 것이다. 그들은 현명한 사람들이었으므로 아마도 선물이 서로 같을 때는 바꿀 수 있는 특전을 갖고 있었을 것이다.

그런데 여기서 나는 자신들의 가장 소중한 보물을 서로를 위해 없앤 이 두 어리석은 사람들의 별로 신통치 않은 이야기를 서툴게 늘어놓았다.

그러나 마지막으로 한 마디, 선물을 주고받는 모든 사람들

중에서 이 두 사람이야말로 가장 현명한 사람들이었다고 말하고 싶다. 사랑하는 사람을 위해 자신의 가장 소중한 것을 희생한 이들이야말로 현명한 동방 박사들이 아닐까?

막심 고리키
(Maksim Gor' kii, 1868~1936)

러시아 문학의 위대한 불꽃인 고리키의 본명은 알렉세이 막시모비치 페쉬코프이다. 그는 현재는 고리키 시(市)로 불리우는 볼가 강 연안의 상업도시 니즈니노브고르도에서 태어났다. 3세 때 아버지의 죽음으로 매우 비참한 유년기를 보냈다.

'고리키'란 '쓰라리다, 비참하다'는 뜻을 가진 형용사로 그의 처녀작인 〈마카르추드라〉를 발표하면서부터 쓰이게 되었다. 그의 필명으로도 알 수 있듯이 그는 이름 그대로 민중의 아들이었다. 그는 하층민 출신으로 영락한 자의 생활인 고통과 지옥 같은 부자유 노동을 체험하였다. 그러므로 당연히 그의 작품에는 이러한 비참한 삶에 대한 자신과 이웃의 진한 체험을 바탕으로 하고 있다. 따라서 고리키의 작품에는 삶에 대한 인간의 고귀한 꿈과 애정이 깃들어 있다.

그의 작품은 러시아의 고전 문학이 끝나는 시점에서 출발한다. 그는 마르크스주의 세계관에 서서 문학과 혁명을 의식적으로 연결한 첫 작가이자 사상가이며, 위대한 역사가이기도 했다. 그가 사회주의 리얼리즘의 창시자로 불리는 것은 민중 문학의 성립과 발전에 끼친 영향이 너무나 지대하기 때문이다.

고리키만큼 인간의 이웃에 있던 작가는 없었다. 그는 인간을 위한, 즉 자유롭고 아름다운 삶을 누릴 수 있는 인간의 권리를 되찾고자 했다. 그는 전 작품을 통해 인간은 진실하고 아름다운 모든 것을 창조한다고 믿었다. 그에게 있어 인간을 벗어나서는 어떠한 이념도 존재하지 않았다. 또 이러한 사상은 인간은 삶을 존중하고, 타락시키는 악에 대해 격렬함으로 표명되었다. 그는 인간의 비인간화가 잘못된 사회구조의 산물이라고 보고 그러한 비인간화의 모순에 대해 격렬히 항의했다.

그의 작품으로는 전세계 젊은이들의 가슴에 감동을 안겨준 ≪어머니 Mat'≫를 비롯하여 ≪클림 삼긴의 생애 Zhizn' Klima Samgina≫, ≪유년 시대 Detstvo≫, ≪태양의 아이들≫, ≪이탈리아 이야기≫, ≪1월 9일≫, ≪세상 속으로≫, ≪바다제비의 노래≫, ≪소시민≫, ≪세 사람≫, ≪고백≫, ≪나의 대학≫, ≪설화 작품과 단편≫ 등 무수한 작품이 있고, 〈밑바닥에서〉, 〈별장의 사람들〉, 〈태양의 아이들〉, 〈야만인들〉 등 많은 희곡이 전 세계에서 공연되고 있다.

소설

1

이 소설의 주인공인 야쉬카가 처음으로 그 조그만 가슴에
달콤한 사랑의 감정을 느꼈던 것은 열한 살 때였다. 그는 인
쇄소에 다니는 매우 지저분한 소년이었다. 항상 잉크라든지
혹은 그 직업 특유의 냄새를 진하게 풍기고 다녔다. 인쇄소의
다른 소년들이 모두 그렇듯이 그도 잉크로 뒤범벅이 된 낡은
옷에 얼굴은 항상 기름때투성이었다.

그러나 그는 반짝이는 큰 눈과 비교적 겸손한 태도, 깔끔해
보이려고 신경쓰는 점이 그들과는 다소 달랐다.

그는 식사 때마다 늘 얼굴을 닦았다. 말하자면 납 가루와
기계에서 나오는 먼지로 얼룩진 얼굴을 골고루 문지르는 일
이었다. 그의 얼굴이 얼룩져 보이지 않고 원래 거무스름한 것

처럼 보였던 것은 외모에 신경을 많이 쓴 덕분이었다. 그는 거무스름한 얼굴과 외모 덕분에 동년배들 사이에서 '깔끔군' 이란 별명으로 불렸다.

그는 들창코에다 입술이 두툼했다. 눈은 커다랗고 둥근 머리통은 빡빡 깎아 큰 귀가 양 옆으로 삐져나와 보였다. 그는 식자공들 사이에선 '세면기'란 별명으로 더 알려져 있었다. 인쇄소에서 그의 위치는 다른 동년배들에 비해 뒤지는 것은 아니었다. 단지 그는 일하거나 사람들이 쥐어박는 것보다 자신을 따돌리는 것이 큰 불만이었다. 대체로 그는 자신의 생활에 만족하는 편이었다. 그는 매를 맞은 뒤엔 울면서 자기를 때린 사람을 심하게 욕하곤 했다. 그러나 아무도 들을 수 없게 은밀히 욕설을 퍼부었다. 그의 동년배들도 그렇게 행동하곤 했다. 그 점에 있어서 우리의 '깔끔군'이며, '세면기'인 야쉬카도 그들과 다를 것이 거의 없었다.

그는 매달 2루블의 월급을 받아 항상 반쯤 취해 있는 주정꾼 뚱뚱보 아주머니에게 갖다 바쳤다. 그는 부모님이 안 계셨기에 아주머니와 함께 살았다. 밖을 내다볼 수 있는 창문이 한 개밖에 없는 어두컴컴한 3층 건물의 지하실이었다. 그 안은 겨울철엔 거의 공기가 통하지 않아 후덥지근했고, 여름엔 습기로 인해 동굴 속처럼 서늘하고 축축했다.

야쉬카의 아주머니는 그에게 상냥하지 않았다. 이따금 그녀는 아이를 맡긴 채 세상을 떠난 친척을 원망했다. '키울 수 없으면 낳지나 말 것이지. 왜 이리 나에게 괴로움을 주는지 모르겠다'고 신에게 불평을 털어놓곤 했다.

야쉬카의 아주머니는 자기가 옳다고 생각하면 조카를 심하게 때리거나 쥐어박았다. 술에 취하면 더욱 자주 그를 괴롭혔다. 그러나 술에서 깨어나면 해장술을 마시고 싶어 안달을 했다. 그럴 때마나 야쉬카를 불러 해장술을 사 오도록 시켰다.

그래서인지 야쉬카는 집에 있는 것보다는 거리를 쏘다니는 것이 훨씬 좋았다. 따라서 그가 열한 살이 되었을 때엔 이미 동네 형편에 대해 환하게 알 수 있게 되었다. 거리에서 지내는 시간이 집에 있는 것보다 좋았다. 뿐만 아니라 남과 대등하다는 것 이상의 그 무언가를 느낄 수 있게 해 주었다.

가령 거리에서 모욕을 당하게 되면, 상대편이 또래일 경우 잽싸게 돌을 던지거나 욕을 해대고 심지어 싸움을 해서라도 앙갚음을 했다. 그러나 집에서는 보복이란 엄두도 낼 수 없었다. 대신 야쉬카는 아주머니를 놀려주는 장난을 쳤다. 예를 들면 그녀가 술에 곤드레만드레 되어 잠이 들었들 때 물을 끼얹는다든지, 그녀의 담뱃갑 속에 후추를 뿌린다든지, 구두 속에 마른 겨자를 살짝 집어넣는 일이었다. 그 중에서도 구두 속에 마른 겨자를 넣어 두는 마지막 방법이 가장 기발했다. 그것은 야쉬카 자신이 직접 당해 본 경험이 있었기 때문이었다.

언젠가 친구들이 야쉬카의 장화 속에 겨자를 넣어 둔 적이 있었다. 그것이 땀에 녹아 장화가 엉망이 되어 버렸다. 야쉬카는 신발을 벗어야겠다고 생각하면서도 한참 동안이나 펄펄 뛰다 결국엔 뒤로 나자빠지고 말았다. 허공에다 발을 버둥거리며 요란하게 비명을 질렀다. 몹시 따가웠었다. 발가락 사이에 물집이 터져서 생긴 상처들 때문에 야쉬카는 오랫동안 맨발로, 그것도 발뒤꿈치로 걸어다녀야만 했다.

야쉬카는 인쇄소에서 가장 인기 있는 이런 익살스런 장난으로 두 번씩이나 아주머니를 골려 주었다. 그러나 처음에는 겨자가 독하지 않아서 가벼운 통증 외에 별다른 효과를 보지 못했다.

그렇지만 두 번째는 야쉬카도 만족할 만한 정도였다. 아주머니는 야쉬카가 매맞고 난 후에 아파하는 것보다 더 심하게 신음 소리를 내며 괴로워했다. 그런데도 아주머니는 무슨 영문인지 눈치채지 못했다. 야쉬카도 후에 겨자 때문에 앓게 된 아주머니가 완쾌되길 바라지도 않았다. 그러나 그의 소망이 충족되었는지 나로서는 알 수 없었다.

2

야쉬카가 인쇄기를 닦으면서 친구들과 농지거리를 하고 있던 어느 날이었다. 그때까지는 별 문제가 없었다. 그런데 어찌된 영문인지 갑자기 인쇄기가 돌아가기 시작했다.

"야, 이거 귀신이 곡할 노릇이군!"

기가 막힌 듯 야쉬카가 소리쳤다. 이때 무언가가 그의 발을 좌우상하로 잡아당기며, 등줄기를 세차게 내리쳤다. 그는 겁에 질려 커다란 눈을 두어 번 꿈벅이고는 이내 기절해 버렸다.

그가 정신을 차린 곳은 누런 벽으로 된 방 안이었다. 날이 저물었는지 등에는 불이 켜져 있었다. 여러 개의 창문들이 어두운 천으로 가려져 있었다. 세 개의 등 외에 누렇게 퇴색된 여섯 개의 침대가 세 개씩 나란히 서로 마주 보고 놓여져 있었다. 야쉬카의 맞은편 침대에서는 사람들이 모두 자고 있었다. 그러나 야쉬카 옆에 나란히 놓인 한쪽 침대에서 검은 수염을 기른 키가 큰 사내가 누워서 큰 눈으로 그를 똑바로 쳐다보고 있었다.

그 반대편 침대는 너무 낡아 쓸모 없는 것처럼 보였다. 그래서 야쉬카는 옆에 누운 검은 수염의 사내가 무섭게 느껴질 때면, 이내 그의 눈치를 살피며 그 침대 쪽으로 고개를 돌리곤 했다.

그는 이곳이 누런 페인트칠이 된 지저분한 감옥이거나 아니면 학교라고 생각하였다. 그는 어느 구석에서 수갑 소리가 들리지 않나 하고 귀를 기울였다. 그러나 들리는 것은 가느다란 신음 소리뿐이었다. 그리고 몹시 기분 나쁜 냄새가 풍겨왔다. 그곳은 감옥도 학교도 아닌 병원이었다. 야쉬카는 무서워서 울음이 나오려고 했지만 옆에 누운 사나이가 왜 우느냐고 물을까 봐 꾹 참았다. 그리고 두 눈을 감고 신경을 곤두세워 귀를 기울였다. 배에서 구르륵 하는 소리가 들렸다. 갑자기 배가 고프다는 생각이 들었다. 그 순간 그는 지금까지 일어났던 일과 어떻게 이곳에 있게 되었는지 기억해 보았다. 갑자기 머리와 등에 통증이 느껴졌다. 그리고 발 한쪽이 달아난 것 같은 아픔을 느끼곤 깜짝 놀랐다. 그러나 쓸데없는 걱정이었다. 발은 고스란히 남아 움직일 때마다 그에게 심한 통증을 안겨다 주었다.

야쉬카는 눈을 꼭 감고 있는 힘을 다해 소리쳤다. 그리고 눈을 감은 채 귀를 기울였다. 어디선가 다급한 듯한 발걸음 소리가 들려왔다. 잠시 후 야쉬카 옆에서 여자의 음성이 들렸다. 그러나 그다지 상냥한 목소리는 아니었다.

"도대체 왜 소리를 지르는 거지? 응? 애! 너 기절했니?"

이 병원의 간호사는 기절한 환자에게도 말을 거는 것이 익숙한 듯했다. 이런 간호사의 태도에 용기를 얻었다면 힘없는 목소리일지라도 야쉬카는 '나 배고파요' 하고 간호사에게 말했을 것이다.

"왜 그렇게 소리지르고 야단이니? 무슨 난리라도 난 것처럼!"

그리고 간호사는 마룻바닥을 울리며 가 버렸다.

그녀가 다시 나타났을 때 야쉬카는 용기를 내어 그녀에게 말을 걸었다.

"아가씨, 여기가 병원이에요?"

간호사는 친절하게 대답해 주었다.

"무척 낡은 곳이지?"

야쉬카는 간단히 요기를 한 후 잠이 들었다. 그는 한밤중에 깨서 눈을 뜨고 주위를 둘러보았다. 정적과 약 냄새로 가득 차 있었다. 그리고 누군가 아주 낮게 신음 소리를 내고 있었다. 그 소리는 누런 방을 따라 낭랑하게 퍼져 나갔다. 야쉬카에겐 그리 익숙하지 않은 이 달콤한 세상 속에서 신음 소리만이 유일하게 존재하는 것같이 느껴졌다. 마치 누런 벽돌이 숨을 쉬고 있는 것 같기도 했다. 가슴에 손을 얹고 반듯이 누워 있는 옆 침대의 환자 얼굴 위로 불빛이 어른거렸다. 그의 입술은 반쯤 벌어져 하얀 이가 드러나 보였다. 겁이 났다. 야쉬카의 가슴은 방망이질 쳤다. 그는 이불을 머리까지 뒤집어쓰고 기절해 죽은 듯이 소리를 죽이고 훌쩍거렸다.

그렇게 하루하루가 흘러갔다. 야쉬카의 병은 빨리 회복되지 않아 그는 몹시 야위어 갔다. 얼굴의 살이 빠지자 커다란 두 눈은 더욱 커 보였고 눈엔 슬픔이 어려 있는 듯했다. 그의 얼굴은 생각에 잠긴 듯한 사랑스런 젊은이의 창백한 얼굴이 되어 있었다. 병원 생활은 지루함과 싫증 그리고 외로움만 안겨 주었다.

어느 날 낮잠에서 깨어난 후의 일이었다. 야쉬카는 눈을 뜨고는 몸을 약간 떨었다. 누군가 그를 바라보며 미소를 짓고 있었다. 그 미소를 보자 야쉬카는 자기가 다 나았다는 생각이 들어 몸을 일으키려고 했다. 그러나 발이 몹시 아파 이마를 찡그렸다. 그는 한숨을 푹 쉬고는 다시 눈을 감아 버렸다.

"애, 어디 아프니?"

그에게 묻는 것이었다. 이때까지 그는 그 누구에게도, 또 무슨 일에 관해서도 그렇게 상냥한 질문을 받아 본 적이 없었다.

야쉬카는 눈을 뜨고 바라보았다. 투명할 정도로 흰 피부의 부드러운 얼굴이 검은 눈을 가늘게 뜨고 그를 응시하고 있었다. 미소를 담고 있는 그 눈길은 마치 부드럽고 포근한 감촉으로 그의 조그만 몸을 어루만져 주는 듯했다. 오래 전부터 그는 언젠가는 누군가가 바로 그렇게 해 주리라고 꿈꿔 오던 일이었다. 그러나 그게 언제가 될지는 예측하지 못하던 일이었다. 야쉬카는 미소를 지어 보였다.

"왜 말을 안 하지?"

야쉬카는 다시 한 번 미소를 짓고 눈을 가늘게 뜬 채 머리를 흔들었다.

"아이 귀여워라!"

야쉬카는 울고 싶어졌다. 이 가늘고 하얀 목을 잡고 오랫동안 실컷 울고 싶었다.

"오랫동안 여기 있었니? 어디가 아프니? 자, 대답해 봐."

그녀는 목이 메어 끊어질 듯한 소리로 물었다.

"그런데 곧 가실 건가요? 가지 마세요. 그러면 우린 얘기할 수도 없고……."

"귀엽기도 하지. 어째서 넌 그런 생각을 하니?"

"묻는 말에 대답하지 않겠어요. 그러면 가 버리실 테니까요. 그렇게 되면 난 다시 혼자 남게 되거든요."

말을 마치자 그는 슬픔과 기쁨이 복받쳐 엉엉 울어 버렸다.

"가엾어라, 난 떠나지 않을 거야. 아직도 자고 있으니까."

"누구 말예요?"

재빨리 눈물을 닦으며 야쉬카가 물었다.

"오빠."

그리고 그녀는 바로 그 옆 침대 쪽으로 고개를 돌렸다.

"그런데 왜 내겐 한 번도 오지 않았어요?"

실망해서 야쉬카가 물었다.

'난 네가 있는 줄 전혀 몰랐어. 이젠 네게도 올게…….'

"저 사람이 오빠란 말예요? 왜 여기 입원해 있나요? 오빠도 기계에 다쳤나요?"

그는 반신반의하며 호기심에 차서 물었다.

"아니, 오빠는 병을 심하게 앓고 있어. 몹쓸 병을……"

"그럼 자주 오실 거죠? 매일같이? 무슨 일을 하세요? 혹 교정을 보시나요? 아니면 재봉일? 그것도 아니면, 그저 보통 집에서 지내는 처녀, 아니 누나? 당신의 눈은 굉장히 멋져요. 커다랗고! 음…… 오빠가 더 오랫동안 아프다면 말예요!"

"가엾어라!"

야쉬카는 다시 울음을 터뜨렸다. 야쉬카는 울면서 손으로 코를 닦았다. 그러자 그녀가 손수건을 꺼내 그의 코를 닦아 주었다.

손수건에서는 꽃향기와 봄내음이 풍겨 나왔다. 야쉬카는 손수건에서 나는 냄새를 들이마시는 동안 아픔이 눈물과 함께 사라지는 것같이 느껴졌다. 또한 그 향내와 함께 생기와 힘이 온몸에 스미는 것 같기도 했다. 그녀는 그의 눈, 입술, 볼과 이마에 입을 맞춰 주었다. 이러한 모든 것들은 이제껏 야쉬카가 맛볼 수 없었던 것들이었다. 이제 그 앞에 새로운 감정의 세계가 활짝 열리게 되었다.

그는 꿈결 같은 9일을 보냈다. 그녀가 그를 찾은 것은 모두 아홉 번이었다. 야쉬카는 그때마다 달콤한 영혼의 감각이 끊임없이 동요하는 걸 느꼈다. 그것은 지금껏 경험하지 못했던 감정이었다. 보통 그녀는 야쉬카의 침대로 다가와 입맞춤을 한 뒤 야쉬카도 바라볼 수 있는 오빠의 침대 끝쪽에 가 앉았다. 야쉬카는 눈썹을 찌푸리고 그녀를 지켜보았다. 그녀가 오빠와 이야기 나누는 것에 귀를 기울였다. 그녀와 눈이 마주칠 때면, 자기에게 오라고 눈짓을 보냈다. 야쉬카는 키가 크고 음울한 사내를 생각할 때마다 그에게 불타는 질투를 느꼈다. 그는 그녀의 오빠가 이미 죽어 버렸거나 아니면 빨리 죽었으면 하고 바랐다. 그렇게 되면 그녀가 자기만을 위해서 오리라는 생각이 들었기 때문이었다.

그 사내가 가슴을 쥐어뜯으며 고통스러워할 때마다 죽는 게 아닌가 하고 몸을 떨었다. 그러나 그는 죽지 않았고, 야쉬카는 그러한 사실이 슬펐다. 처음으로 그에게 다가온 멋진 행운을 그렇게 '말라깽이 꼬챙이(야쉬까는 마음속으로 그 사람을 그렇게 불렀다)'와 나눈다는 것은 분통터지는 일이었다. 그녀는 거의 오빠 침대 옆에 앉아 있었다. 그리고 야쉬카에겐 가끔, 그것도 잠깐씩 왔다가 갈 뿐이었다.

야쉬카는 탐욕과 애원에 찬 눈으로 그녀를 바라보았다. 그리고 손을 붙잡고 말없이 그녀를 꼭 끌어안았다. 그녀는 손을 가만히 빼냈다. 그리고 야쉬카에게 말 한 마디 건네지 않고 오빠 쪽으로 다시 가 버렸다. 그럴 때면 야쉬카는 가슴이 미어지는 듯했고 눈물이 핑 돌았다. 야쉬카는 그의 인생에서 9일 동안 크나큰 고통과 행복을 같이 맛보았던 것이다.

그러던 어느 날 아침이었다. 잠에서 깨어난 야쉬카는 '말라깽이 꼬챙이'가 침대에서 들것으로 옮겨지는 것을 보았다.

"그 사람을 어디로 데려가는 거예요?"

급히 간호사에게 물었다.

"넌 아직 그런 곳에 가면 안 된단다. 분명히, 너는 집에 곧 가게 될 거야……. 그러니 여기에서 마음놓고 있어."

"죽었나요?"

두 눈에 간절한 빛을 띠고 다시 물었다.

"잘 모르겠지만 산 사람을 실어내지는 않으니까……."

"죽다니!"

야쉬카는 움직임 없는 창백한 모습을 바라보며 놀라움에 몸을 떨었다. 그날 밤에도 어김없이 그 사람의 신음 소리와 기침 소리가 들리는 듯했다. 그러다가 바로 '그녀'가 자기만을 위해서 찾아오리라는 은밀한 기쁨이 곧 두려움으로 바뀌어 갔다.

야쉬카는 눈을 감고 그녀를 기다리기 시작했다.

그녀가 항상 그렇게 했듯이 그에게 다가와서 입을 맞추고 이젠 오빠쪽으로 가지 않을 것이다. 이미 그 오빠라는 사람은 없어져 버렸으니까! 타는 듯한 환희가 그를 이런 환상으로 몰고 갔다.

그러나 다음 순간 이러한 환희는 그의 가슴 속에서 고요하고 달콤한 안정으로 바뀌어 갔다. 이제 그녀는 항상 그의 곁에 있게 될 것이며, 그녀에겐 야쉬카만이 존재하는 것이다……

그러나 그녀는 오지 않았다.

'장사를 지내나 보군…….'

야쉬카는 이 슬픈 사실을 자신에게 그렇게 변명했다.

'장사지내고 나면 오겠지……. 오렌지랑 책을 사 가지고 오면, 꽤 오랜만이에요! 하고 말해 줘야지.'

그러나 그녀는 다음날, 그 다음날도 오지 않았다.

야쉬카는 그녀의 오빠가 죽은 후에도 2주일 동안 병원에 있었다. 하지만 더 이상 그녀를 볼 수 없었다.

3

야쉬카는 병원에서 퇴원한 후 줄곧 그녀를 찾아 거리를 쏘다녔다. 꼭 그녀를 찾고 싶었다. 날이 갈수록 그는 혼자 있는 날이 많아졌고, 말없이 얼굴을 찌푸리는 일이 많아졌다. 일요일이나 쉬는 날이면 점잖은 사람들이 모이는 장소를 다녔다.

그러나 그는 그녀를 발견할 수 없었다. 비슷한 여자들은 꽤 있었다. 그 여자들은 단지 그에게 그녀의 환영만을 떠올리게 해 줄 뿐이었다. 그때마다 그의 심장은 고동쳤다. 그녀의 연약하고 고운 모습, 상냥스런 검은 눈, 따스하고 부드러운 입술, 검은 원피스를 입은 우아하고 가냘픈 몸매, 하얀 깃털이 달린 검은 모자를 쓴 조그만 머리……. 이 모든 것들이 아직도 그의 작은 가슴속에 고스란히 남아 있었다.

그러나 그녀는 그 어느 곳에도 존재하지 않았다.

슬픔이 깃든 큰 눈을 잔뜩 찌푸린 음울한 소년의 얼굴은 다시 지저분해졌고, 그의 몸에서는 또다시 인쇄 물감 냄새가 배어 나왔다. 그러나 그는 그 나이 또래의 소년들과는 달랐다. 소년들에게서 흔히 볼 수 있는 활발함이나 천진함, 인생의 이른봄에 느껴지는 팔딱이는 심장을 그는 지니고 있지 않았다. 9일 동안의 꿈같은 환상이 그의 모든 것을 삼키고 태워 버렸던 것이다.

그러나 운명은 사람들에게 가혹한 장난을 걸어오는 법이다. 운명은 야쉬카에게도 그녀를 한 번 더 볼 수 있도록 기지를 발휘했다.

어느 날 친구들과 숲을 산책하고 대로를 따라 돌아오는 길이었다. 그때 그는 그녀를 보게 되었다.

2년이란 세월이 흘렀지만 병원에서 본 것과 같은 모습이었다. 그녀는 마차 속에 앉아 있었다. 그러나 트로이카(세 마리의 말이 끄는 마차)가 먼지를 일으키며 그녀를 몰고 가 버렸다. 야쉬카의 두 눈 속에 금속제의 단추들이 반짝였던 것은 그녀 옆에 군인인 듯한 남자가 앉아 있었기 때문이었다. 순간 그의 몸이 땅에 박히는 듯했다. 그러나 별안간 기쁨의 함성을 지르며 그 트로이카 뒤를 쫓아 달리기 시작했다.

그는 팔꿈치를 양 옆에 붙이고 소리치며 뒤를 쫓았다. 그의 입 속으로 흙먼지가 몰려들었다. 움푹 패인 곳을 지날 때마다 덜컹대는 마차의 요란한 바퀴 소리는 야쉬카의 머리를 어지럽게 했다. 심장은 심하게 고동쳤다. 그는 소리쳤다. 그러나 마차는 그의 외침을 삼켜 버린 채 먼지 속으로 사라져 갔다.

맥이 빠져 버린 야쉬카는 길바닥에 얼굴을 묻고 엎드려 울음을 터뜨렸다. 그의 눈에서는 노여움과 실망이 뒤섞인 눈물이 쏟아져 내렸다.

그 후에도 그는 그녀를 찾아 헤맸다. 사흘쯤 후 그는 정거장마다 찾아다니며 '어떤 장교와 귀부인이 탄 마차가 어느 쪽으로 갔는지 아세요?' 라고 물었다. 사람들은 그런 그를 보고 웃어댔다. 그는 침울하고 무언가를 잃은 듯 말이 없고 악의에 찬 사람처럼 보였다.

얼마 후 그에게서는 다른 동년배들과 달랐던 모습들은 찾아볼 수 없게 되었다. 그는 친구들과 함께 술을 마시거나 오락장을 드나들고 노름을 즐겼다. 그리고 그런 것을 즐기기 위해 일하고 또 일해야 했다. 이제 '깔끔군' 야쉬카는 활자판보다는 술집 판매대 옆에서 보내는 시간이 훨씬 더 많았다. 그는 서른 살의 침울한 술꾼으로 변해 있었다. 주인과 일꾼들 사이에서 그는 술주정꾼, 도둑, 반미치광이라는 지저분한 영예를 얻게 된 것이다.

그는 겉으로 보기에 쉰 살쯤 되어 보였다. 갈기갈기 해진 진흙투성이 옷에 온몸은 상처투성이였으며 늘 술에 취해 있었다. 그의 커다란 두 눈은 빛을 잃고 퉁퉁 부어 있었다.

그러나 술집에서 내게 이야기를 들려주던 그날만은 그의 두 눈이 밝고 부드러운 빛으로 반짝였다. 이야기를 마치고 입을 다물고 있던 그는 다음과 같이 덧붙였다.

"내 생애에서 단 한 가지 아름다운 것이 있다면……."

그때 누군가가 소리쳤다.

"자, 건배! 우리, 진탕 취해 봅시다."

"그 여자를 회상한다는 것, 그것은 내게 더없이 즐거운 일입니다. 난 그걸 사랑한단 말입니다. 하지만 그것은 아마 그 여자가 아니었다면 아무 일도……. 하지만 이렇게 살아 있어도 죽은 것과 뭐가 다르겠소? 결국 모든 건 마찬가지입니다. 그 여자를 지금은 볼 수 없지만, 내겐 그녀에 대한 추억이란 소중한 것이 남아 있습니다……."

어느 가을날

어느 가을날, 나는 극도로 궁핍한 상황에 처해 있었다. 도착한 지 얼마 되지 않은 탓에 아는 사람이라곤 아무도 없는 도시에서, 나는 잠잘 집은 물론이고 주머니에는 땡전 한 닢 갖고 있지 않았다.

그나마 한 벌밖에 없는 옷으로 그럭저럭 며칠을 지낸 뒤에 나는 시골로 갔다. 그곳은 우스치라고 하는 지방으로 커다란 배들이 닿는 선착장이 있었다. 풍어기에는 일꾼들로 북적거리는 곳이었지만 그날은 어쩐 일인지 사람의 그림자 하나 보이지 않고 조용하기만 했다. 사건은 10월 그 이튿날에 일어났다.

나는 젖은 모래 위를 맨발로 걸으면서, 혹시 모랫속에 먹다가 남은 것이라도 뭔가 있지 않을까 찬찬히 살펴보았다. 텅 빈 건물과 산더미처럼 쌓인 궤짝들 옆을 홀로 걸으면서, 나는 배부르다는 것이 얼마나 행복한 것인가를 새삼 느낄 수 있었다.

문화의 수준과 상황에 따라 배고픔보다는 정신의 갈증이 더 쉽게 충족될 수 있다. 당신이 거리를 걷고 있는데 외양은 그럴싸하지만 안을 들여다보면 볼품없는 건물이 — 분명히 이렇게 말할 수 있으리라 — 당신을 둘러싸고 있다고 가정해 보자. 그러면 당신은 건물이 참 멋있고, 위생 시설도 잘 돼 있다는 등의 훌륭하고 고상한 생각을 갖게 될 것이다. 여기서 당신은 따뜻하고 안락해 보이는 옷을 입은 사람들을 만나게 되는데 — 그들은 공손해 보이지만 언제나 당신을 기피하며 당신이라는 가련한 존재가 눈에 띄는 것을 원치 않을 것이다. 하지만 아, 신이여! 허기진 인간의 영혼에 포만한 영혼보다 더 나은 그리고 더 건강한 음식을 주소서 — 이것이 바로 배부른 자들을 위해 이끌어내는 아주 극명한 결론이 아닌가!

땅거미가 깔리면서 비가 내리고, 북쪽으로부터 돌풍이 불어왔다. 바람은 빈 궤짝과 인적 없는 가게를 지나치며 판자로 세워진, 다 망가진 허름한 여관의 창문을 흔들었다. 몰아치는 바람 때문에 강물도 물결을 일으키며 강가로 밀려들었다. 파도는 하얀 골을 만들며 높이 올랐다가 다시 넘실거리며 아득하게 사라지고……. 강물도 겨울이 다가왔음을 느꼈는지 오늘 밤엔 북풍에 몸을 맡기곤 뭔가 두려운 듯 사라져가는 것 같았다. 하늘은 내려앉은 듯 어두워지기 시작했고, 눈에 보일

락말락한 보슬비가 소리 없이 내리고 있었다. 부러져 버린 두 그루의 버드나무와 뒤집혀진 배만이 나를 둘러싼 자연의 서글픈 힘을 보여주듯 나둥그러져 있었다.

밑바닥에 구멍이 난 채 뒤집혀 있는 조각배, 그리고 돌풍에 처절히 박살난 나무들, 애처롭고 쓸쓸한 풍경이었다……. 주위의 모든 것들은 아무 형체도 없이 죽은 듯 모조리 파괴되어 있었다. 그저 하늘에선 비만 내리고 있었다. 인적이 끊긴 어두컴컴한 곳, 모든 것이 죽어 버린 그 속에 나만 홀로 살아남아 있는 듯했다. 그리고 그 뒤에선 차가운 죽음이 나를 기다리고 있는 것 같았다.

그 당시 내 나이는 그야말로 한창이랄 수 있는 17살이었다.

나는 추위에 이를 떨면서 차갑고 물기를 머금은 모래펄을 걷고 있었다. 혹시 먹을 만한 게 있을까 해서 강변에 널려 있는 상자들을 들추다가, 비에 흠뻑 젖은 채 어깨를 웅크리고 앉아 있는 여자를 발견했다. 나는 그녀가 무엇을 하고 있는지 물끄러미 내려다보았다. 그녀는 두 손으로 상자들 밑의 모래를 파내면서 구멍을 만들고 있었다.

"거기서 뭘 하는 거요?"

나는 그녀 옆에 있는 트럼프용 탁자에 앉으며 물었다.

그녀는 나지막이 비명을 지르는가 싶더니 갑자기 벌떡 일어났다. 그리곤 회색빛 눈을 크게 떠 나를 쳐다보았다. 병색

이 완연한 눈빛이었다. 나는 그녀가 내 또래라는 것을 금방 알아차릴 수 있었다. 아직 앳된 얼굴, 그런데 불쌍하게도 그녀의 얼굴엔 세 줄의 커다란 흉터가 나 있었다. 아주 균형있게 눈 밑과 입술, 코 가장자리에 있긴 했으나 볼썽사납기는 마찬가지였다. 하지만 인상이 꽤 흉하긴 했어도 그녀의 흉터는 어느 예술가가 극히 정교하게 예술적으로 매만져 놓은 것처럼 보였다.

소녀는 나를 쳐다보았다. 아까와는 달리 완연해 보이던 병색도 이젠 눈에 띄지 않았다. 소녀는 손의 모래를 털며 머리에 쓰고 있던 목화 솔을 가지런히 매만지고 나서 머뭇거리며 말했다.

"차 한잔 하실래요? 어머, 저 벌레 좀 봐. 전 손에 힘이 없어요, 저기."

그녀는 상자 쪽으로 머리를 수그렸다. 아마 거기에 빵이 있나보다. 팔 물건이 들어 있는 궤짝이니까…….

나는 구멍을 파기 시작했다. 그녀도 뭔가를 고대하는 듯 나를 쳐다보더니 옆에 앉아 거들었다.

우리는 묵묵히 일했다. 그 순간 나는 한 마디도 말을 할 수가 없었다. 다만 그 순간 범죄, 도덕, 재산과 그 밖의 것들, 산전수전 다 겪은 사람들처럼 인생의 온갖 순간들이 일시에 기억 속으로 밀려들 뿐이었다. 나는 진실에 더 다가갈 수 있기를 고대하면서 고백해야겠다고 생각했다. 나는 그때 구멍을 파는 일에만 신경을 쓰고 있으므로 그 궤짝에서 무엇이 나올까 하는 것 외에 다른 일은 다 잊고 있었다고.

주위가 어두컴컴해졌다. 눅눅하고 서늘한 듯하면서도 추운 날씨였다. 어둠이 우리 주위를 한껏 더 감쌌다. 강물은 이전보다 더 큰소리로 일렁이고 있었고, 빗방울은 더 세게 그리고 잦게 판자때기 위에 후드득 소리를 내며 내리고 있었다. 밤을 감시하는 듯 어디선가 덜거덕거리는 소리가 들렸다.

"이봐요, 혹시 스커트 있어요?"

나를 거들던 그녀가 나지막이 물었다. 나는 그녀가 무슨 말을 하는지 몰라 그냥 잠자코 있었다.

"제 말은요, 궤짝에 스커트가 있냐구요? 있다면 구멍을 팔 필요가 없잖아요. 어, 여기 두꺼운 판자가 있네……. 이걸 어떻게 뜯어내지? 자물통을 부수어야겠어. 다 녹슬은 자물통인걸……."

소녀의 머리는 그런대로 잘 돌아갔다. 하지만 당신도 알다시피 그건 누구나 다 생각해 낼 수 있는 것이 아닌가. 나는 늘 기발한 생각을 했기 때문에 가능한 한 이름을 사용하려고 노력했다.

나는 자물통을 찾아내어 부순 다음 고리를 뜯어냈다……. 내 일을 거들어주던 소녀는 순간 몸을 굽히더니, 열린 사각형의 상자 속을 들여다보았다. 그녀는 탄성을 질렀다. 힘이 난 모양이었다.

"어머, 역시!"

여자들은 남자 쪽에서 보면 감탄할 만한 것이 못 되는 조그 만 일에까지 찬사를 아끼지 않는다. 남자들이란 옛날 고대의 웅변가처럼 웅장하게 말하는 것을 좋아한다. 그러나 그때 나는 지금보다 정중하질 못했었다. 나는 소녀의 칭찬에 아랑곳 하지 않고 짧게, 두려운 마음으로 물었다.

"그래, 궤짝 안에 뭐가 있죠?"

그녀는 거침없이 밋밋한 목소리로 상자 안에서 물건을 하나씩 세어 가며 꺼냈다.

"병이 들어 있는 광주리…… 빈 가방…… 우산…… 초록색 양동이."

먹을 수 없는 것들이었다. 한 가닥 희망이 무너져내리는 기분이었다. 그런데 그녀가 생기있게 외쳐댔다.

"어머, 이건 빵이에요, 둥그런…… 좀 젖었군요. 자, 받아요!"

그녀는 내 발 밑으로 빵을 던졌다. 소녀의 뒷모습에서 왠지 힘이 느껴졌다. 나는 빵을 쪼개어 씹어 먹었다.

"저도 좀 주세요. 이젠 여길 떠나야겠어요. 어디로 가죠?"

그녀는 뭔가를 캐내려는 듯한 눈빛으로 사방이 칠흑같이

변한 어둠 속을 응시했다. 어둡고, 축축하고, 시끄러운 소리들, 저 멀리 배 한 척이 뒤집혀져 있었다.

"자, 저리 갑시다."

"그래요, 가요."

우리는 궤짝에서 꺼낸 것을 부수고, 구멍을 내기도 하면서 걸어갔다……. 빗줄기가 점점 강해졌다. 강의 물결도 점차 세차게 변해 갔다. 어디선지는 모르지만 누군가의 비웃는 듯한 휘파람 소리가 파도에 실려왔다. 땅 위의 모든 것들이 아무도 두렵지 않다는 듯이 쉿쉿 큰 소리를 냈다. 역겨운 가을 밤, 우리는 가을 밤 속의 두 주인공들……. 주위의 쉿쉿 소리 때문인지 가슴이 따끔따끔 아파왔다. 나는 게걸스럽게 빵을 씹어댔다. 왼편에서 나를 따라 걷고 있는 소녀도 나만큼이나 게걸스럽게 빵을 씹어 먹고 있었다.

"이름이 뭐예요?"

나는 의도적으로 물었다.

"나타샤예요."

그녀는 낭랑한 목소리로 대답했다.

나는 그녀를 쳐다보았다. 순간 가슴이 저려오듯 아팠다. 나는 내 앞에 펼쳐진 어둠을 응시했다. 신비스러우면서도 추하게 생긴 내 운명이 냉담하게 나를 비웃는 것 같았다.

그칠 기색이라곤 조금도 없이 빗방울은 계속 배의 갑판을 두들겨 댔다. 부드러운 빗방울 소리에 침울한 생각들이 말끔히 씻겨 내려갔다.

배의 부서진 구멍 사이로 바람이 밀려들었다. 그 갈라진 틈바귀에서 조각난 나무 토막이 쉴새없이 삐걱거리는 소리를 냈다. 마치 지긋지긋해서 더 이상 참을 수 없을 만큼 권태롭고 따분한, 아니 오히려 구역질이 날 만큼 식상해 버렸다고 해야 할 그 무엇, 그저 도망갈 궁리만 하면서도 또 뭔가 말해야 할 그 무엇에 관해. 이야기하려는 듯 빗방울 소리가 점점 드세어지면서 모래펄을 팠다.

이제는 흘러가 버린 계절이지만 작열하듯 뜨겁게 타올랐던 여름이 수모를 당할 만큼 완전히 기진맥진해진 땅에 쉭쉭 신음을 하며 엎어진 배 위로 스쳐갔다. 이젠 춥고 안개가 서리어 눅눅해진 가을이다. 인적없는 강가에서 바람은 출렁이는 파도를 따라 지친 모습으로 노래를 불렀다.

배 안은 몹시 불편했다. 비좁고, 축축하고, 게다가 빗물까지 흩뿌리는데다 구멍난 곳으로는 강물이 새어들어왔다……. 우리는 아무 말 없이 앉아서 추위에 오들오들 떨었다. 나는 옛 추억에 잠겨 잠들고 싶었다.

나타샤는 배 가장자리에 등을 기대고는 작은 빵 덩어리를 오물오물 씹어 먹었다. 두 손으로 움켜잡은 무릎 위에 턱을 올려놓고 그녀는 눈을 크게 뜨고 물끄러미 강을 쳐다보았다.

얼굴의 하얀 점들이 눈 밑의 흉터 때문인지 유독 크게 보였다. 그녀는 꼼짝도 하지 않았다.

부동 그리고 침묵, 나는 내 마음속에서 나의 이웃 때문에 공포가 커가는 것을 느꼈다……. 나는 소녀와 애기를 나누고 싶었다. 하지만 무슨 말부터 해야 할지 도무지 알 수 없었다.

그녀가 먼저 말문을 열었다.

"망할 놈의 인생!"

그녀는 분명하고 또렷한 목소리로 뭔가 깊이 확신하고 있는 듯 외쳤다.

하지만 그것은 불평이 아니었다. 그 말 속에는 불평과는 전혀 다른 무엇이 담겨 있었다. 사람이란, 자신에겐 모순되지만 반대할 수 없는 어떤 결론에 대해 어떻게 하면 접근할 수 있는가를 생각한다. 그리고 바로 그때문에 나는 소녀의 이런 외침을 듣고도 침묵했다. 그녀는 나의 표정을 눈치채지 못한 듯 꼼짝도 하지 않고 앉아 있었다.

"죽어 버릴까……."

그녀는 다시, 이번엔 조용하고 신중하게 말했다. 그러나 이 말에도 불평 따윈 전혀 섞여 있지 않았다. 다만 분명한 것은 인간이란 자기의 인생을 돌아보고 나선 자기 자신을 조용히 응시하고, 삶이 아무리 자신을 핍박한다고 해도 자기 자신을 지탱하려면 다른 것, 말하자면 '죽어 버리는 것' 외에 다른 어떤 것을 찾아내야만 한다는 것이다.

나는 이런 것이 분명한 생각일 거라는 느낌이 들자 참기 힘들 만큼 역겨워졌다. 내가 계속 말을 하지 않고 있으면 나타샤가 울어 버릴 것 같았다. 그러나 이런 상황에서 내가 말을 건다는 것은 그녀에겐 수치일 것이다. 그녀는 눈물을 보이지 않았다. 그렇지만 나는 그녀에게 말을 시키기로 마음먹었다.

"누가 이렇게까지 때렸죠?"

나는 특별히 다른 할 말이 없어서 이렇게 물었다.

"파시카가, 매일……."

그녀가 묵묵히 대답했다.

"파시카가 누구예요?"

"남편이에요. 빵을 굽는……."

"자주 그렇게 매를 맞아요?"

"술만 취하면 때려요……."

그러면서 갑자기 그녀는 내 곁으로 바싹 다가앉으면서 자기는 누구고, 파시카는 어떤 사람이며, 두 사람은 어떤 관계인지 늘어놓기 시작했다. '그녀는 길거리를 떠도는 여자였고……, 그는 붉은 수염을 가진 빵장수로 하모니카를 아주 잘 불었다. 그는 종종 그녀에게 보호막 역할을 해 주었기 때문에 그녀도 그가 마음에 들었다. 그에겐 15루블짜리의 긴 코트와 장화 한 짝이 있었는데 그것 때문에 그녀는 그에게 빠져들었으며, 그는 그녀의 보증수표가 되었다. 그러나 그는 결혼을 한 날부터 그녀에게서 돈을 빼앗아가기 시작했는데, 그 돈은 다른 손님들이 그녀에게 군것질거리를 사 먹으라고 준 것이다. 돈이 조금 있는 눈치면 또다시 때리기 시작하고, 그것도 모자라서 그녀가 보는 앞에서 다른 여자와 정을 통한다는 이야기였다.

"듣기 민망하군요. 난 그 사람처럼 나쁜 인간은 아니오. 내가 그 악한을 혼내주겠소."

사흘간 나는 그녀의 집에 머물렀다. 그러면서 나는 그에게 접근해 갔다. 그러나 그 옆에는 술취한 두니카가 앉아 있었다. 그도 마찬가지로 한패거리였다. 나는 그에게 말했다.

"이 악마, 사기꾼같은 놈!"

그러자 그는 나를 사정없이 갈겼다. 발로 차고 머리를 잡아당기고…… 온갖 짓을 다 했다. 어찌 그뿐이랴! 하여간 그렇게 해서 매만 실컷 얻어맞고 일은 끝났다. 이게 어떻게 된 거지? 이꼴로 어떻게 그녀에게 가지? 모든 게 실패로 끝났는데.

"옷하고 블라우스하고, 이 솔도 새것인데. 맙소사! 끝 부분이 다 망가졌어…… 내가 오늘 왜 이러지?"

갑자기 그녀는 애처롭고 약간 찢어지는 듯한 목소리로 울부짖었다.

바람이 불기 시작하더니 점점 드세어지면서 추워졌다. 다시 이가 덜덜 떨리기 시작했다. 그녀도 추운지 내 곁으로 바싹 다가앉았다. 어둠 속에서 눈물로 빛나는 그녀의 눈이 보였다.

"이 나쁜 놈아! 사지를 찢어 병신으로 만들기 전에 제발 죽어 없어져라. 에잇, 퉤! 더러운 놈! 뻔뻔한 주둥이! 꺼져, 꺼져버리란 말야. 이 개같은 놈아! 아무 여자한테나 꼬리를 살살 치고 다니는 이 못난 놈! 이젠 끝장이야!"

그녀는 온갖 욕설을 퍼부었다. 그러나 욕을 하고 난 그녀의 모습은 허탈해 보였다. 나는 그녀의 욕이 그 가련한 파시카를 헐뜯고 증오하는 것으로 들리지 않았다. 그녀의 말은 지금 심정과는 어울리지 않을 정도로 조용했고, 침울하면서도 생기라곤 전혀 없는 목소리였다.

그러나 그 말은 장엄하고 확신에 가득 차 있어서 어떤 염세적인 책이나 말보다 더 강하게 나를 엄습했다. 나는 전에도 이런 식의 말을 들은 적이 적잖이 있었는데, 이날 이 말을 다시 듣고 그녀의 마음을 읽게 된 것이다. 왜냐하면 언제나 그러하듯이 죽어가는 자의 고통이란 늘 정확하면서도 예술적으로 그려진 죽음보다 훨씬 자연스럽고 힘있는 것이기 때문이다.

속이 좋지 않았다. 그녀가 남편에 관해 늘어놓았기 때문이 아니라 추위 때문이었을 것이다. 나는 소리도 내지 못하고 신음하면서 이를 갈았다.

순간, 나는 차갑고 조그만 두 손을 느꼈다. 한 손은 내 목을, 다른 한 손은 내 얼굴을 감쌌다. 불안하고 조용한 목소리로 그녀가 나에게 물었다.

"당신은 누구죠?"

나는 나타샤가 아닌 다른 여자가 이렇게 물어보고 있다고 생각했다. 남자란 다 악한이고, 그래서 여자라면 누구나 남자들이 파멸하는 것을 원한다고 누군가가 선언하는 듯했다. 그러나 그녀는 더욱 서둘러 말하기 시작했다.

"당신은 누구죠? 예? 추운가요? 몸이 얼어붙는 것 같아요? 아! 당신이군요. 자, 앉아요, 아무 말 하지 말고……. 갈색 올빼미처럼 말예요. 당신, 옛날에 저에게 추워서 말하지 않는다고 얘기하셨죠. 자, 땅에 누워 몸을 쭉 펴요……. 이건 거짓말이에요! 절 안아줘요, 꼬옥 더 따뜻하게……. 이거예요. 당신 오늘 참 따스하네요. 등을 서로 대요……. 밤이 흘러가 버리고 있어요……. 당신, 뭘 마셨죠? 떠나시려고요? 안 돼요……!"

그녀는 나를 위로해 주었다. 그녀는 이렇게 나에게 힘을 북돋워주었다.

오, 나는 세 번이나 저주받는구나! 이 사실이 나에겐 얼마나 우스꽝스런 일인가! 잘 생각해 보라! 진정으로 이 시간 나는 진지하게 인간의 운명을 걱정했고 사회체제의 변혁, 정치

적 변혁을 꿈꾸었으며 끔찍할 정도로 현명한 많은 책들을 읽었다. 그 사상의 깊이란 책을 쓴 저자도 감히 다다를 수 없을 정도의 것이었다. 나는 그 당시 어떻게든 스스로 '거대하고 적극적인 힘'을 만들어내려고 애썼다. 자기 몸으로 나를 따스하게 감싸주던 창녀처럼 삶의 터전을 잃고 행복한 데라곤 한 구석도 없으며 짓밟힐대로 짓밟혀 이제는 지쳐 버린, 아니 굴러다니는 깡통처럼 값어치라곤 전혀 없는 여자! 나는 그녀를 도와줄 생각은 꿈에도 하지 않았는데 그녀는 나를 도와주었다. 아니, 설사 내가 그럴 마음을 먹었다 해도 무엇으로 그녀를 도와줄 수 있겠는가!

나는 이 일이 내 꿈속에서, 견디기 힘들고 어리석은 꿈속에서 일어난 일일 것이라 생각했다…….

그렇지만, 아! 난 그렇게 생각할 수 없었다. 왜냐하면 차가운 빗방울이 내 몸 속으로 스며들었고, 그녀의 가슴이 강하게 내 가슴을 밀고 들어오면서 따스한 입김이 내 얼굴을 감싸주었기 때문이었다. 부드러운 향기가 나는 술처럼…… 생기있게…… 신음하듯 바람이 불었다. 빗방울은 여전히 배에 부딪혀 소리를 냈고 파도는 출렁거렸다. 우리 두 사람은 추위에 떨수록 점점 서로를 더 꼭 껴안았다. 생생한 사건이었다. 나는 그토록 힘들고 구역질나는 현실과도 같은 그런 꿈을 결코 아무도 꾸어보지 못했을 것이라고 확신한다.

그러나 나타샤는 언제나 여자들이 말할 때 갖는 나긋나긋하고 행복한 목소리로 뭔가에 관해 이야기했다. 순진하고 편안한 그녀의 말 덕택인지 내 마음속에서 어떤 불꽃이 따스하게 타올랐고, 내 심장에서는 뭔가 꿈틀거리는 듯했다.

그때 내 눈에서 비오듯 눈물이 주르륵 흘러내렸다. 분노, 슬픔, 어리석음과 죄가 하나로 뒤섞여 꿈틀대며 그 가을 밤 내 가슴속에 하나하나 쌓여가고 있었다. 나타샤가 나를 설득했다.

"울지 말아요! 절대로! 신이 우리를 단련시키는 거라고 생각해요. 언제나……."

그녀는 나에게 입을 맞추었다. 뜨겁게…….

이것은 인생이 나에게 부여해 준 최초의 입맞춤이었다. 가장 멋진 키스. 다른 것은 나에겐 너무 부담을 주었고, 그 이상 아무것도 나에겐 필요치 않았다.

"자, 노여워 마세요. 당신이 어디론가 떠나신다면 그곳이 어디든 전 당신을 찾아나설 거예요……."

꿈속인 듯 나는 조용하고 확신에 찬 속삭임을 들었다.

헤어질 때까지 우리는 서로 껴안고 있었다.

헤어질 시간이 왔다. 나는 배에서 일어나 도시로 왔다. 우리는 다정스레 작별을 했고 다시는 만나지 못했다. 반년 후, 나는 어느 가을날 밤에 같이 시간을 보냈던 그 아름다운 나타샤를 찾으러 빈민가를 돌아다녔다.

만약 그녀가 죽기라도 했다면 — 그녀에겐 더할 나위 없이 좋은 일이긴 하지만 — 편안히 잠들기를, 그리고 만일 살아 있다면 영혼에 평화가 깃들기를! 그녀의 영혼에는 파멸의 의식이 없었다. 왜냐하면 이것은 삶에 있어서 쓸모없는 그리고 무의미한 고통인 까닭에.

안톤 파블로비치 체호프

(Anton Pavlovich Chekhov, 1860~1904)

'서정적 분위기'의 미학을 창출해 낸 러시아 최고의 단편 작가요 극작가인 체호프는 러시아에서 인상주의적 흐름의 가장 순수한 대표적 존재라 할 수 있다.

남러시아 항구 도시 타간로그에서 출생한 체호프는 16세 때 잡화상을 하던 아버지의 파산으로 고학으로 중학을 마치고 1879년에 모스크바 대학 의학부에 입학하였다. 가족의 생계를 위하여 단편 소설을 오락 잡지에 기고하기 시작했다.

1886년, 작가 그리고로비치가 그에게 '재능을 낭비하지 말라'는 충고의 편지를 보냈는데 이 일을 계기로 체호프는 본격적인 문학 활동을 시작하였다.

초기의 체호프는 '있는 그대로의 생활'을 묘사함을 신조로 삼았기 때문에 '인상주의'니 '무사상'이니 하는 따위의 비난을 받기도 했다. <흥정>, <슬픔>, <우수>, <정조>, <약제사 부인> 등이 그때 발표된 작품들이다.

그것은 체호프의 소설 쓰기가 생활 수단으로 전락해 버린 데에서도 기인하지만, 당시 시대에 대한 반작용의 의미도 간과할 수 없다. 즉 사회·윤리·도덕 문제에 대한 냉담한 풍조가 일찍이 청년 작가에게 감염되어 현실을 슬퍼하기보다는 오히려 비웃는 것이 앞서게 되고, 현실의 결함이 눈에 띄게 됨에 따라 그것을 유머의 형태로 표현하게 되었던 것이다.

그러나 두 번째의 단편집 ≪황혼≫으로 그리고로비치의 격찬을 받고 학술원으로부터는 푸슈킨 상을 받았다.

이후 결핵에 걸려 요양을 다니면서 ≪귀여운 여인≫, ≪골짜기≫, ≪개를 데리고 다니는 여인≫ 등 예술적 향기가 높은 만년의 걸작과 체호프의 세계를 집대성한 희곡 ≪세 자매≫, ≪벚꽃 동산≫을 썼다. 18편의 희곡 중 앞에서 언급한 두 작품과 ≪갈매기≫, ≪바냐 아저씨≫를 일컬어 체호프의 4대 희곡이라 일컫는다. 체호프는 20여 년 간의 작가 생활을 통해 1000여 편에 달하는 소설을 남긴 대작가이다.

귀여운 여인

퇴직한 팔등관(八等官) 프레니코프의 딸인 올렌카는 자기 집 정원으로 내려가는 좁은 계단에 앉아 골똘히 생각에 잠겨 있었다. 더운날이어서 파리가 성가시게 달라붙었으나 이제 곧 선선한 저녁이 온다고 생각하니 기분이 좋았다. 동쪽에서는 검은 구름이 몰려오고 이따금 그쪽 방향에서 습기찬 바람이 불어왔다. 안뜰의 한복판에는 유원지(遊園地) 티보리의 경영주이자 소유자이며, 역시 그 집의 별채에 세들어 살고 있는 쿠킨이라는 남자가 허공을 쳐다보고 있었다.

"또야!"

그는 짜증난다는 듯 내뱉었다.

"또 비가 오실 모양인가! 날마다 질척거리지 않고는 못 배기는 모양이군. 마치 일부러 그러는 것 같잖아. 이래서야 목을 매라는 것과 다를 게 뭐람. 이건 파산하라는 거나 마찬가지야! 매일 손해가 이만저만이어야지!"

그는 두 손을 탁 치더니 올렌카를 바라보며 말을 걸었다.

"바로 이런 거예요, 올렌카 세묘노브나. 우리가 살아간다는 건 말입니다. 정말 울고 싶죠! 일한다, 정성을 들인다, 끙끙대며 밤잠도 못 잔다, 조금이라도 나은 것으로 만들려고 온갖 머리를 다 짜낸다……. 그런데 사실은 어떤가요? 첫째는 우선 저 구경꾼들인데, 그 사람들은 교육도 못 받은 야만인들이다 이거예요. 이쪽에선 온갖 정성을 다 해서 고르고 또 골라 오페레타니, 몽환극(夢幻劇)이니, 훌륭한 가요곡의 명가수니 하고 내보내지만, 그것이 과연 그네들이 원하는 것일까요? 그 작자들한테 그런 것을 보여 주면 과연 그것이 무엇인지 알기나 합니까? 그 작자들이 원하는 것은 유랑 극단의 신파(新派)라구요! 그리고 또 이 날씨를 보세요. 밤에는 어김없이 비가 오거든요. 5월 10일부터 장마가 들어서 두 달 동안 줄곧 내리다니, 정말 어처구니없죠! 구경꾼은 거의 오지 않는데도 나는 임대료를 꼬박꼬박 바치고 있지 않습니까? 배우들에게 급료 지불도 하고 있지 않습니까?"

다음날도 저녁 무렵에 비구름이 몰려왔으므로, 쿠킨은 자조적인 웃음을 지으면서 지껄였다.

"도대체 어떻게 된 거야? 멋대로 쏟아지라구! 차라리 유원지 전체를 물바다로 만들어 버리란 말이다! 차라리 나를 물속에 집어넣어 버리라지! 현세의 행복 따위가 어떻게 되든 내가 알 게 뭐야! 배우들도 나를 고소하고 싶으면 고소하라구! 제기랄, 재판소가 뭐야. 시베리아로 유형을 보내도 상관없어! 단두대도 상관하지 않겠어! 하하하!"

그 다음날도 마찬가지였다.

올렌카는 잠자코 진지한 표정으로 쿠킨의 말을 듣고 있었다. 때로는 그녀의 눈에 눈물이 괸 적도 있었다. 마침내 그녀는 쿠킨의 불행으로 해서 그를 사랑하게 되었다.

쿠킨은 키가 작고 바싹 마른 사나이인데, 누런 암색의 조금밖에 없는 귀밑털을 산뜻하게 쓰다듬어 붙이고 답답하고 가는 음성으로 말을 하며, 말할 때 입이 비뚤어지는 것이 버릇이었다. 쿠킨의 얼굴은 언제 보아도 절망의 빛을 띠고 있었으나, 역시 그는 그녀의 가슴에 깊은 감동을 불러일으켰던 것이다.

그녀는 언제나 누군가를 사랑하고 있었으며, 사랑이 없이는 견디지 못하는 여인이었다. 이전에 아버지를 몹시 좋아했으나 지금은 아버지도 병이 들어 어두운 방 안 팔걸이 의자에 앉은 채 괴로운 나날을 보내고 있었다. 올렌카는 한때 숙모를 좋아한 적도 있었으나, 그녀는 간혹 2년에 한 번 정도로 브크스에서 나오곤 했다. 그보다 훨씬 이전 여학교에 다닐 무렵에 프랑스 어를 담당한 남자 선생님을 몹시 좋아한 적도 있었다.

그녀는 조용하고 성질이 온순하며 정이 깊은 처녀였다. 다정하고 부드러운 눈매를 가지고 있으며 또한 건강했다. 그녀의 토실토실한 장밋빛 뺨이나, 까만 점이 하나 있는 목덜미나, 무엇인가 유쾌한 이야기를 들을 때면 곧잘 그녀의 얼굴에 떠오르는 착한 미소 따위를 바라보며 사나이들은 마음속으로 '아주 매력적인데…….' 하고 생각하면서 자신들도 덩달아 빙그레 웃었다. 상대가 여자일 경우엔 참을 수가 없어서 이야기 도중에 갑자기 그녀의 손을 잡고 정신없이 이렇게 말할 정도였다.

"귀여운 아가씨군!"

올렌카는 태어나서부터 줄곧 한집에서 살아왔는데 그 집은 아버지의 유언장(遺言狀)에 그녀의 이름으로 되어 있었다. 동네 끝에 있는 집시 마을이어서 티보리 유원지에서 그리 멀지 않았다. 매일 밤 초저녁부터 밤늦게까지 유원지 안에서 연주되고 있는 음악 소리와 펑펑 터지는 불꽃놀이의 폭음이 들렸으며, 그것이 그녀에게는 흡사 쿠킨이 자신의 운명과 싸우면서 그가 노리는 소중한 적을, 저 냉담한 구경꾼을 부수려고 돌격을 가하고 있는 것처럼 여겨졌다. 그럴 때 그녀의 마음엔 달콤하게 저려오는 졸음이 밀려왔다. 이른 새벽녘에 그가 돌아오면 그녀는 자기 침실의 창문을 안쪽에서 조용히 두드리며 커튼 사이로 얼굴과 한쪽 어깨만을 내밀면서 정답게 방긋 웃는 것이었다. 결국 그가 청혼을 했고 두 사람은 결혼했다.

그 역시 그녀의 목덜미와 건강하고 부드러운 어깨를 보고 자기도 모르게 손뼉을 치면서 이렇게 중얼거렸다.

"귀여운 여자로군!"

행복한 나날이었으나 공교롭게도 결혼하는 날에 비가 왔고, 밤이 이슥해서도 계속 비가 왔으므로 그의 얼굴에는 내내 실망의 빛이 사라지지 않았다.

결혼한 뒤 두 사람은 즐겁게 살았다. 그녀는 남편의 사무실에 앉아서 유원지 안을 단속하는 데 신경을 쓰거나 장부 정리를 하거나 급료를 지불하는 일을 했다. 그녀의 장밋빛 뺨과 사랑스럽고 귀여운, 흡사 후광(後光)과도 같은 미소는 방금 사무실 창구에 보였는가 하면, 다음 순간에는 무대 뒤에 나타났고, 그런가 하면 가설 극장의 식당에 나타나거나 하며 언제나 그 부근을 돌아다녔다.

그리고 그녀는 이젠 낯이 익은 사람들에게 이 세상에서 가장 훌륭한 것, 가장 소중하고 필요한 것이야말로 연극이란 점을 말해 주었다. 그러면서 그녀는 진정한 위안을 얻고, 교양 있고 인정 많은 사람이 되는 길은 연극을 제외한 다른 것에서는 찾을 수 없다고 말하는 것이었다.

"하지만 구경꾼들이 그것을 알 수 있을까요?"

하고 그녀는 연극의 소중함을 구경꾼들이 어떻게 알까 하고 걱정하였다.

"그 사람들이 원하는 것은 유랑 극단의 신파란 말예요! 어제 우리가 '개작(改作) 파우스트'를 올렸더니 자리가 거의 텅텅 비더군요. 하지만 만약에 우리 바니치카하고 둘이서 뭔가 저속한 것을 상연했다면 극장은 밀치락달치락 대만원이었을 것이 틀림없어요. 내일은 바니치카하고 둘이서 '지옥의 오르페우스'를 상연하겠어요. 꼭 와 주세요. 네?"

연극이나 배우에 대해 쿠킨이 말한 의견을 그녀도 사람들 앞에서 그대로 흉내냈다. 역시 남편과 마찬가지로 그녀도 관람객을 예술에 대해 냉담하다, 무식하다 하면서 업신여기고 있었고, 무대 연습에 참견을 해서 대사를 고쳐 주고 악사들의 품행을 단속하기도 했다. 지방 신문에 자기들의 연극에 대한 혹평이라도 나오는 날이면 그녀는 눈물을 뚝뚝 흘렸으며, 그러다가 결국 신문사에 담판을 지으러 달려가곤 했다.

배우들은 그녀를 잘 따랐다. '또 하나의 바니치카'라느니 '귀여운 여인'이니 하는 애칭으로 부르고 있었다. 그녀도 그들을 보살펴 주고 성의껏 돈도 꾸어 주는 일도 있었다. 어쩌다가 속는 수가 있어도 그녀는 남몰래 혼자서 울 뿐 남편에게 하소연하는 따위의 일은 하지 않았다.

그해 겨울도 두 사람은 즐겁게 지냈다. 시내의 극장을 한겨울 내내 빌려 우크라이나 인 극단이나 마술사, 지방의 아마추어 극단에게 기한을 짧게 해서 다시 빌려 주는 일도 있었다. 올렌카는 점점 뚱뚱해졌으며 머리끝에서 발끝까지 기쁨으로 빛나고 있었으나, 한편 쿠킨은 점점 마르고 핏기가 없어졌다. 그는 그해 겨울에 많은 이익을 보았음에도 불구하고 엄청난 손실을 보았다고 투덜거렸다. 그는 밤마다 기침에 시달렸다. 그녀는 그에게 나무딸기의 즙이라든가 보리수의 꽃을 이겨서 짠 즙을 먹이거나 오데콜롱으로 문질러 주거나 자기의 폭신한 숄로 감싸 주었다.

"당신은 정말 좋은 분이에요!"

그녀는 그의 머리칼을 쓰다듬으면서 진심으로 말했다.

"당신은 정말 훌륭한 분이에요!"

대재기(大齋期)에 그는 극단을 모집하려고 모스크바로 떠났다. 남편이 없으면 잠을 제대로 이루지 못하는 그녀는 줄곧 창가에 앉아서 별을 쳐다보고 있었다. 그런 때에 그녀는 자신을 수탉이 없으면 역시 밤새도록 잠 못 이루는 닭장 안의 암탉과 비교해 보곤 했다.

쿠킨은 예정보다 일정이 길어져 부활제 무렵에야 돌아오게 될 것이라고 편지를 보내왔다. 아울러 티보리 유원지에 관한 여러 가지 부탁도 써 보냈다. 그런데 하루만 지나면 수난주(受難週)의 월요일이 되는 날 밤늦게, 갑자기 문 밖에서 불길한 노크 소리가 났다. 누군가가 마치 물통이라도 두들기듯 대문

을 쿵쿵 두드리고 있었다. 잠이 덜 깬 하녀가 맨발로 물이 괸 곳을 철벅거리면서 달려나갔다.

"대단히 죄송합니다만 문 좀 열어 주세요."

누군가가 문 밖에서 우울하고 낮은 목소리로 말했다.

"전보가 왔어요!"

올렌카는 전에도 남편으로부터 전보를 받은 적이 몇 번 있었지만, 이번에는 웬일인지 정신이 아찔해졌다. 부들부들 떨리는 손으로 그녀는 봉투를 뜯었다.

'이반 페트로비치 오늘 급서(急逝), 내참, 지시 바람, 장례식 화요일.'

이런 식으로 그 전보에는 '장례식'이라든지, 더욱이 알 수 없는 '내참'이라는 글자가 적혀 있었다. 서명은 오페레타단(團)의 감독 이름으로 되어 있었다.

"아아, 사랑하는 당신!"

올렌카는 그렇게 부르짖으면서 울기 시작했다.

"사랑하는 나의 당신! 왜 나는 당신을 만났을까요? 왜 당신을 알고 사랑을 했을까요? 당신은 이 가련한 올렌카를, 이 가련하고 불행한 여자를 버렸으니 난 도대체 누구를 의지하라는 것인가요?"

쿠킨의 장례식은 화요일, 모스크바의 바가니코프 묘지에서
거행되었다.

수요일에 집으로 돌아온 올렌카는 자기 방에 들어가자마자
침대 위에 쓰러져 큰 소리로 울음을 터뜨렸다. 그 울음소리는
거리와 이웃집 마당에까지 들렸다.

"귀여운 여자였는데!"

이웃 여자들은 성호를 그으면서 그렇게 말했다.

"아주머니, 귀여운 올렌카 세묘노브나가 저렇게 슬퍼하고
있군요!"

그로부터 석 달이 지난 어느 날, 올렌카는 낮 미사를 마친
후 상복을 입은 모습으로 쓸쓸하게 집으로 돌아가고 있었다.
우연히 그녀와 어깨를 나란히 하여 걷고 있었던 사람은 역시
집으로 돌아가는 중인 바실리 안드레이치 푸스토바로프라는
이웃집 사나이였다. 그는 바바카예프의 큰 원목(原木) 도매상
의 관리를 맡고 있는 사람이었다. 그는 밀짚모자를 쓰고 흰
조끼에는 금 시곗줄을 늘어뜨리고 있어 상인이라기보다 오히
려 지주처럼 보였다.

"어떤 것이든 사물에는 운명이라는 것이 있습니다. 올렌카
세묘노브나."

그는 의젓하게 위로의 말을 건넸다.

"그러니까 누군가가 친척이 죽었다 하더라도 그것은 곧 하

느님의 뜻이므로 우리는 마음을 굳게 먹고 순순히 참고 견뎌야만 하는 거죠."

올렌카를 대문까지 바래다 주고 작별 인사를 한 다음 그는 되돌아갔다.

그 뒤로 매일 그녀의 귓가엔 그의 목소리가 맴돌고, 잠깐 눈을 감아도 금방 그의 새까만 수염이 어른거리게 되었다. 시나브로 그가 그녀의 마음속에 들어온 것이다.

뿐만 아니라 그녀 역시 상대방의 가슴에 인상을 남긴 듯했다. 그 증거로는 그로부터 이삼 일이 지난 후, 평소에 그다지 친하지 않던 어느 한 중년 부인이 커피를 마시러 와서는 식탁에 앉자마자 곧 푸스토바로프의 이야기를 슬그머니 꺼냈다. '그 사람은 진실하고 좋은 사람이다. 그 사람한테라면 어떤 여자라도 기꺼이 시집갈 것임에 틀림없다'고 늘어놓았던 것이다.

그로부터 사흘 뒤 이번엔 장본인인 푸스토바로프가 찾아왔다. 그는 아주 잠깐 동안, 10분쯤 머물렀을 뿐 말도 몇 마디 하지 않았지만, 올렌카는 그를 몹시 사랑하게 되었다. 더욱이 그것이 또 보통 연정이 아니어서 그날 밤을 뜬눈으로 지새웠으며, 마치 열병에라도 걸린 것처럼 몸과 마음을 불태워, 날이 새기가 바쁘게 그 중년 부인을 불러오도록 심부름꾼을 보내는 소동을 벌였다. 곧 약혼 예물을 교환하고 마침내 결혼식을 치렀다.

푸스토바로프와 올렌카는 부부가 되어 즐겁게 살았다. 대개 그는 점심때까지는 원목상에 있고 그 후에는 밖으로 일을 보러 나갔다. 그럴 때면 올렌카가 저녁때까지 사무실에 앉아 계산서를 작성하거나 상품을 보냈다.

"요즈음 목재 값이 해마다 2할 정도 뛰어오르고 있어요."

그녀는 고객이나 아는 사람에게 말했다.

"우리는 이전에 이 지방의 재목을 취급하고 있었지만, 요즘은 바니치카가 해마다 재목을 사러 모기료프 현(縣)까지 가야만 해요. 그 비용이 또 굉장하답니다!"

그렇게 말하고 그녀는 소름이 끼친다는 듯이 두 손으로 볼을 감싸쥐었다.

"아이고, 그 비용!"

그녀는 자기가 벌써 오래 전부터 재목상을 해 온 듯한 기분이 들어, 이 세상에서 가장 소중하고 필요한 것은 재목처럼 여겨졌다. 도리목이라든가 통나무, 얇은 판자, 각목(角木), 윗가지, 대목(臺木), 배판(背板) 등과 같은 낱말에서 왠지 친근하고 그리운 여운을 느낄 수 있었다. 밤마다 그녀의 꿈에 나타나는 것은 두껍고 얇은 판자의 산더미가 몇 개나 쌓아올려지고, 끝없이 긴 짐마차의 행렬이 목재를 어딘가 멀리 동네 밖으로 싣고 가는 것이었다. 또 일곱 치 굵기에 길이가 서른 자가까이나 되는 통나무가 모두 일어나 일개 연대를 이루어 깃발과 북소리도 당당하게 원목장으로 쳐들어오는 광경, 혹은 통나무와 도리목과 배판이 서로 부딪쳐 뱃속 깊이까지 스며들 듯한 마른 나무 소리를 울리면서 한꺼번에 쓰러졌다가는 일어나고 일어났다가는 쓰러져, 서로 상대방을 발판으로 삼아 겹쳐 쌓여지는 모습도 나타났다. 올렌카가 꿈속에서 놀라 소리를 지르면 푸스토바로프는 정답게 말을 건네며 위로했다.

"올렌카, 당신 왜 그래, 응? 성호를 그어요!"

남편이 생각하는 것, 느끼는 것은 동시에 그녀가 생각하는 것이고 느끼는 것이었다. 그가 이 방은 너무 덥다든가, 요즘 경기가 안 좋다든가 하고 생각하면 그녀 역시 그렇게 생각되었다.

구경 다니는 것을 좋아하지 않는 성격인 남편은 쉬는 날이면 집에서 지냈으므로 그녀도 역시 그렇게 했다.

"참, 아주머니는 늘 집에만 계시고, 그렇지 않으면 사무실에만 계시는군요."

이웃 사람들은 흔히 그렇게 말했다.

"귀여운 아주머니, 기끔 극단이나 곡마단에라도 놀러 가시면 좋을 텐데."

"우리 바니치카와 내게는 구경갈 틈이 없어요."

그녀는 정색을 하며 대답했다.

"우리같이 자기 손으로 벌어먹는 사람한테는 그런 시간 여유가 없답니다. 연극이 뭐 그렇게 좋은 것인가요?"

토요일이 되면 푸스토바로프와 그녀는 반드시 저녁 미사에 참석하고 제일(祭日)에는 아침 미사에 나갔다. 교회에서 돌아올 때면 언제나 사이좋게 어깨를 나란히 하고 감동어린 표정으로 좋은 향기를 풍기면서 걸어갔는데, 그럴 때면 그녀의 비단옷 스치는 기분 좋은 소리가 들렸다.

집에 돌아오면 차를 마시고 맛있는 빵과 여러 가지 잼을 먹은 뒤 사이좋게 고기만두에 입맛을 다신다. 매일 점심때가 되면 정원은 물론 문 밖 거리에까지 야채 수프나 양(羊)과 오리구이 등의 맛있는 냄새가 풍겨나왔다. 육식을 금하는 제일이면 생선 요리 냄새로 바뀌어 문앞을 지나는 사람치고 식욕을 느끼지 않는 이가 없었다.

사무실에는 언제나 사모바르가 김을 내고 있었으며, 고객은 둥근 빵과 차 대접을 받았다.

일 주일에 한 번씩 부부는 목욕탕엘 갔는데, 돌아오는 길이면 두 사람 다 얼굴이 붉게 상기되어 있었다.

"덕분에 행복한 생활을 하고 있어요."

올렌카는 아는 사람을 만날 때마다 그렇게 말했다.

"고마운 일이죠. 정말 여러분들도 우리 남편과 나처럼 생활

했으면 좋겠어요."

푸스토바로프가 모기료프 현으로 목재를 사들이기 위해 떠나자, 그녀는 몹시 쓸쓸해하며 며칠 동안 잠도 자지 않고 눈물을 흘리며 그리워했다.

저녁 무렵이면 가끔 연대(聯隊)에 근무하는 수의사(獸醫師) 스미르닌이라는 젊은 사나이가 놀러왔다. 그는 그녀의 집 별채에 세들어 있었다. 그는 이야기를 들려주거나 트럼프 놀이의 상대가 되어 주곤 해서 그녀의 기분이 전환되었다. 그 중에서도 특히 재미있는 것은 그의 가정 생활의 추억담이었다. 그에게도 아내와 아들이 있었으나, 아내가 바람을 피워서 이혼을 했다는 것이었다. 그는 아내를 미워하면서도 매달 아들의 양육비로 40루블리를 보내 주고 있었다.

이러한 이야기를 들으면서 올렌카는 한숨을 쉬고 고개를 저으면서 이 사나이를 마음속으로 불쌍히 여기게 되었다.

"그럼 안녕히 주무세요."

그녀는 그를 배웅하러 촛불을 들고 계단까지 나왔다.

"고맙습니다. 덕분에 쓸쓸한 기분이 조금 가라앉았어요. 안녕히 주무세요."

그녀는 또 남편의 흉내를 내어 침착한 목소리로 말했다. 수의사의 모습은 벌써 문 밖으로 사라졌는데도 그녀는 다시 한번 그의 이름을 불러 이런 말을 해 주었다.

"블라디미르 푸스토느이치, 부인하고 화해하시는 것이 좋겠어요. 아드님을 위한 일이라 생각하고 부인을 용서해 드리세요! 아드님도 이젠 철이 들 나이가 되었으니까요."

푸스토바로프가 돌아오자 그녀는 소리를 낮추어 수의사와 그의 불행한 가정 생활에 관한 이야기를 들려주었다. 두 사람은 함께 한숨을 짓거나 고개를 저으면서 그의 아들은 아마 아버지를 그리워하고 있을 것이라고 말하였다. 그리고 마침내 일종의 기묘한 상념의 흐름에 이끌려 두 사람은 성상(聖像) 앞에 무릎을 꿇고 땅에 이마를 대고 예배하면서, '하느님 제발 우리에게도 아기를 주십시오' 하고 기도하게 되었다.

이와 같은 식으로 푸스토바로프 부부는 조용히 서로 사랑하고 사랑을 받으면서 원앙새처럼 정답게 6년의 세월을 보냈다. 그런데 어느 겨울날, 바실리 안드레이치는 사무실에서 뜨거운 차를 마신 다음 모자도 쓰지 않은 채 목재를 내주려고 밖에 나갔다가 감기가 들어 자리에 눕게 되었다. 이름난 의사들의 치료를 받았으나 끝내 병을 이겨내지 못하고 넉 달 후에 세상을 떠나 버렸다. 올렌카는 또다시 과부가 된 것이다.

"이렇게 나를 두고 갔으니 도대체 난 누구를 의지하라는 거예요, 여보."

남편을 매장하고 난 다음 그녀는 흐느껴 울었다.

"당신이 돌아가셨으니 이제 앞으로 어떻게 살아 나가면 좋아요. 이 불쌍하고 불행한 나는 말예요! 친절하신 여러분, 나를 불쌍하게 여겨 주세요. 하늘에도 땅에도 친척이라고는 없는 이 여자를 말예요……."

그녀는 줄곧 검은 옷에 상장(喪章)을 달고 다닐 뿐, 모자와 장갑은 일체 사용하지 않기로 했다. 외출도 극히 자제하여 이따금 교회나 남편의 묘지에 참배하러 가는 것이 고작이었고, 마치 수녀처럼 틀어박혀 지냈다.

그렇게 6개월이 지나자 그녀는 겨우 상장을 떼고 창의 덧문도 열어 놓게 되었다. 아침나절에 가끔 그녀가 식료품을 사려고 하녀를 데리고 시장에 나가는 모습이 눈에 띄었으나 그녀가 집안에서 어떤 생각을 하고 있는지, 집안 형편이 어떤지는 짐작으로밖에 알 도리가 없었다. 그 짐작의 발단이 되는 것은, 이를테면 그녀가 정원에서 수의사를 상대로 차를 마시거나 그가 그녀에게 신문을 읽어 주는 광경을 누가 본 사람이 있다든가, 또는 우체국에서 만난 안면이 있는 어느 여인에게 그녀가 이런 말을 했다는 따위의 일이었다.

"우리 동네에서는 수의사의 가축 검사가 제대로 되어 있지 않기 때문에 그로 인해서 여러 가지 병이 생기는 거죠. 사람들은 항상 우유에서 병이 생겼다든가, 말이나 소에서 병이 감염되었다든가 하는 그런 얘기만 하고 있죠. 정말 가축의 건강은 사람들의 건강 못지않게 주의하지 않으면 안 돼요."

그녀가 말하는 것은 바로 그 수의사의 생각이며, 이제는 매사에 그와 똑같은 의견이었다. 그녀는 이제 누구에게든 열중하지 않고는 한시도 살 수 없는 자신의 새로운 행복을 자기집 별채에서 찾아냈음이 분명했다. 다른 여자였다면 세상의비난을 받지 않을 수 없을 이 사건도 올렌카에 관한 일이었기에 누구 한 사람 나쁘게 생각할 마음이 일어나지 않았다. 그녀의 신상에 관한 일은 어떤 것이라도 아주 당연하게 납득될수 있었던 것이다.

그녀와 수의사는 그들 사이에 일어난 변화에 대해서 누구에게도 말하지 않고 비밀에 부쳐 두었지만, 이것이 두 사람이바라는 대로 되지 못한 까닭은 올렌카가 대체로 비밀이라는것에 어울리지 않는 여자였기 때문이다. 연대의 동료가 손님으로 그를 찾아오면 그녀는 차를 따라 주거나 저녁을 대접하거나 하면서 소나 양의 페스트에 관한 이야기 등을 거침없이늘어놓았다. 때문에 수의사는 몹시 당황하여 손님이 돌아간뒤 그녀의 손을 붙들고 화가 치민 듯 언성을 높여 말했다.

"자기가 알지 못하는 얘기를 해서는 안 된다고 그렇게 부탁하지 않았소? 우리 수의사들끼리 말할 때에는 제발 좀 참견하지 말아요. 쓸데없는 얘기니까 말이오!"

그러면 그녀는 소스라치게 놀란 눈으로 두려운 듯 그를 쳐다보며 이렇게 되물었다.

"브로지치카(블라디미르의 애칭), 그럼 나는 어떤 얘기를 하면 되나요?"

그리고 그녀는 눈물을 글썽거리며 그를 껴안고는 제발 화내지 말라고 부탁했다. 이렇게 하여 두 사람은 행복했다. 그러나 이 행복도 잠깐이었다. 수의사가 연대를 따라 가버렸던 것이다. 그것도 영원히 가버렸던 것이다. 왜냐하면 그 연대가 어딘가 아주 먼 곳으로, 거의 시베리아에 가까운 곳으로 이동했기 때문이었다. 이 때문에 올렌카는 또 홀로 남게 되었다.

이번에야말로 그녀는 정말 혼자가 되었다. 아버지는 벌써 오래 전에 세상을 떠났으며, 생전에 그가 애용하던 팔걸이 의자만이 먼지투성이가 되어 다리 하나가 떨어져 나간 채 다락방에 뒹굴고 있었다.

그녀는 살이 빠지고 초췌한 모습으로 변했다. 거리에서 만나는 사람들도 이젠 예전처럼 그녀를 유심히 보거나 미소를 보내 주지 않았다. 분명히 꽃피는 시절은 지나가서 옛날 이야깃거리가 되어 버렸고, 이제는 뭐가 뭔지 모를 일종의 별다른 생활, 이것저것 생각하지 않는 것이 나을 성싶은 생활이 시작되려는 것이었다.

저녁마다 올렌카는 정원으로 내려가는 계단에 앉아 티보리에서 연주하는 음악과 불꽃 터지는 소리를 들었다. 그러나 그것도 이제는 아무런 감상을 불러일으키지 못했다. 그녀는 흥미없는 눈초리로 텅 비어 있는 정원을 바라보면서 무엇을 생각하는 것도 아니고 무엇을 원하는 것도 아닌 그저 멍청한 상태로 있다가, 이윽고 밤이 깊어지면 침실로 들어가 텅 빈 정원을 꿈에서 만나곤 했다. 먹는 것도 마시는 것도 그녀는 마지못해 하는 듯했다.

그런데 그 중에서도 가장 좋지 못한 것은, 그녀에게는 이제 주견(主見)이라는 것이 전혀 없다는 것이었다. 그녀의 눈은 주위에 있는 사물들이 보이기도 하고 주위에서 일어나는 것의 하나하나를 이해할 수도 있었지만, 어떤 일에 대해서도 자기의 주장을 세울 수가 없고, 무슨 이야기를 해야 좋을지 도무지 분간할 수가 없었다.

아무런 주견이 없다는 것은 얼마나 무서운 일일까? 이를테면 병이 하나 서 있거나 비가 오거나 또는 농민이 짐마차를 타고 가는 것을 보아도 그 병이라든가 비라든가 농민이 무엇 때문에 있는지 그것에 무슨 의미가 있는지, 그것을 말하지 못했다. 아마 천 루블리를 주겠다는 말을 들어도 아무 대답을 할 수 없었을 것이다. 쿠킨이나 푸스토바로프와 함께 살았을 무렵이나, 그 뒤 수의사와 함께 있었을 때는 올렌카가 설명할 수 없는 것이란 하나도 없었고, 어떤 문제가 나와도 자기 의견을 말하는 데 부자유를 느낀 일이 없었다. 그런데 이제는 온갖 상념 가운데도, 마음속에도 흡사 자기 집의 정원과 마찬

가지로 공간이 생겨 버렸다. 이루 말할 수 없이 기분 나쁜, 입맛이 쓴 느낌은 마치 쑥을 잔뜩 먹고 난 뒤와 같았다.

거리는 차츰 사방으로 뻗어갔다. 집시 마을에도 이제는 거리의 이름이 주어졌고, 티보리 유원지와 목재 하치장이 있었던 부근에도 주택이 늘어서서 골목이 가지런히 줄을 이었다.

세월은 빨리도 흘렀다. 올렌카의 집은 그을음에 찌들어 지붕은 녹슬고 헛간은 기울어지고 정원에는 키 큰 잡초와 가시돋힌 쐐기풀이 무성했다. 올렌카 자신도 늙어서 볼품이 없어졌다.

여름철이 되면 그녀는 변함없이 그 계단에 앉았으나, 그녀의 가슴속은 여전히 텅 비어 있고 따분하여 쓴 쑥의 뒷맛이나 다름없었다. 겨울에는 겨울대로 그녀는 창가에 앉아 멍청하게 눈을 바라보았다. 봄의 숨소리가 살짝 스치거나 불어 오는 바람결에 교회의 종소리가 전해 오거나 하면, 갑자기 과거의 추억이 한꺼번에 밀어닥쳐 감미롭게 가슴이 저려오며 두 눈에선 하염없이 눈물이 흐르지만, 그것도 순간적인 일로 가슴속은 텅 비게 되고 무엇을 보람으로 살고 있는지 정말 알 수가 없게 되었다.

검은 고양이 브루이스카가 재롱을 부리며 가르릉 하고 부드럽게 목구멍 소리를 내기도 했지만, 이런 고양이 따위의 아양을 받아 보았댔자 올렌카는 조금도 달갑지가 않았다.

그녀가 원하는 것이 그런 것이었을까? 아니다. 그녀가 바라는 것은 같은 사랑이라도 자기의 온 몸과 온 넋을, 있는 대로의 넋과 이성을 송두리째 꽉 조여 주는 사랑, 자기에게 사상과 생활의 방향을 가리켜 주는 그런 사랑, 노쇠해 가는 자신의 피를 따스하게 해 주는 그런 사랑이었다. 그래서 그녀는 옷자락에 매달린 브루이스카를 뿌리치고 화난 듯이 이렇게 꾸짖었다.

"저쪽으로 가, 저쪽으로. 여긴 아무것도 없어!"

이리하여 날이 가고 해가 거듭되었다. 아무런 기쁨도 아무런 주견도 없이 그녀는 하녀 마브라가 말하는 것이라면 그저 무엇이든 좋다는 식이었다.

7월의 어느 더운 날 해질 무렵이었다. 마을의 가축 떼가 거리로 몰려 정원 가득히 먼지가 들어찰 때였다. 누군가가 대문을 두드렸다. 문을 열러 나간 올렌카는 힐끔 밖을 내다보고는 소스라치게 놀라 멈춰 서 버렸다. 문밖에 서 있는 사람은 수의사 스미르닌이었다. 이미 머리칼이 희끗희끗했고, 옷차림도 평복이었다.

그녀는 금방 모든 추억이 되살아나 그만 참을 수가 없어 울음을 터뜨리며 사나이의 가슴에 얼굴을 파묻었다. 너무 흥분한 나머지 그 뒤 둘은 어떻게 해서 집 안으로 들어와 테이블에 마주앉게 되었는지도 모를 지경이었다.

"정말 반가워요!"

그녀는 기쁨으로 부들부들 떨면서 중얼거렸다.

"블라디미르 푸스토느이치! 도대체 어디서 무슨 바람이 불어서 오셨어요?"

"이곳에 와서 정착하려고 생각했기 때문이지요."

그가 말했다.

"군대를 그만두고 이렇게 이 동네로 온 것은, 자유의 몸이 되어 운을 시험해 보고도 싶고, 또 한곳에서 뿌리박은 생활을 해 보려고 마음을 먹었기 때문이오. 게다가 아들도 중학교에 보낼 나이구요. 많이 컸지요. 실은 아내와 화해를 했습니다."

"그럼 부인은 지금 어디 계세요?"

올렌카가 물었다.

"아들과 함께 여관에 있소. 그래서 난 셋집을 구하러 다니는 중입니다."

"어머, 그러시다면 차라리 우리 집으로 오세요. 이 정도면 얼마든지 살 수 있지 않겠어요? 정말 그게 좋겠군요. 그러시다면 난 집세 같은 건 한 푼도 안 받을 거예요."

흥분하기 시작한 올렌카는 또다시 눈물을 흘렸다.

"가족과 함께 여기서 살아 주세요. 나는 저쪽 별채에서 살아도 좋아요. 아아, 난 정말 기뻐요!"

이튿날, 안채의 지붕에 페인트칠을 하고 벽칠도 새로 했다.

올렌카는 두 손을 허리에 짚고 정원의 여기저기를 왔다갔다 하면서 지휘를 했다. 그녀의 얼굴에는 다시 옛날의 미소가 빛나기 시작했고, 생생하게 활기를 띤 모습은 마치 기나긴 잠에서 깬 사람 같았다.

수의사의 아내가 왔다. 그녀는 바싹 마르고 못생긴데다가 짧은 머리에 고집이 있어 보이는 여자였다. 함께 따라온 사샤라는 소년은 나이에 비해 몸집이 작았으나 토실토실하고 아름다운 파란 눈동자를 가지고 있었으며, 양쪽 볼에 보조개가 있었다. 소년은 정원으로 들어가자마자 곧 고양이를 뒤쫓았다. 그러자 집 안에서 금방 소년의 쾌활하고 즐거운 소리가 들렸다.

"아줌마, 이거 아줌마네 고양이예요?"

소년이 올렌카에게 물었다.

"이 고양이가 새끼를 낳으면, 우리 집에도 한 마리 주세요. 네? 엄마는 쥐를 몹시 싫어하거든요."

올렌카는 소년을 상대로 잠시 이야기를 하면 금방 가슴이 따뜻해지고 달콤하게 저려오는 것이 마치 이 소년이 자기가 낳은 아들인 듯 여겨졌다. 그리고 밤이 되어 그가 식당에 앉아서 공부를 하고 있으면 그녀는 감동과 동정이 가득 찬 눈길로 소년을 뚫어지게 바라보면서 이렇게 속삭였다.

"정말 귀엽고 잘 생긴 아이로군……. 귀여운 아가, 넌 정말 똑똑하고, 흰 피부를 가지고 있구나."

"섬이란……."

하고 소년은 커다란 소리로 읽었다.

"뭍의 일부로서, 사면이 바다로 둘러싸여 있는 것을 말한다."

"섬이라는 것은 뭍의 일부로서……."

하고 그녀도 뒤따라 말했는데, 이 말이야말로 그녀가 오랜 세월에 걸쳐 잠겨 있던 침묵과 생각의 공허를 깨고서 확신을 가지고 말한 최초의 주견이었다.

이리하여 그녀는 자기의 주견이라는 것이 생겼으므로 저녁 식사와 같은 때에 사샤의 부모를 상대로 '요즘 중학 공부가 상당히 어려워졌지만, 그러나 역시 고전(古典) 교육이 실과(實科) 교육보다 훌륭하다. 왜냐하면, 중학을 나오면 어느 방면에도 깊이 트여 있어 자기 지망에 따라 의사도 될 수 있고 기사(技師)도 될 수 있기 때문이다 하는 이야기를 늘어놓게 되었다.

사샤는 중학교에 다니게 되었다. 그의 어머니는 하르코프에 있는 언니에게로 간 뒤 돌아오지 않았다. 아버지는 매일같이 어딘가로 가축 검역(檢疫)을 하러 떠나 때로는 사흘 동안이나 집을 비우는 일도 있었다. 올렌카는 사샤가 부모로부터 버림을 받아 집안에서 쓸모없는 인간으로 취급받고, 굶주려 죽어가고 있는 것만 같은 생각이 들었다. 그래서 그녀는 소년을 자기가 사는 별채로 데리고 와서 작은 방 하나를 마련해 주었다.

사샤가 그녀의 별채에 살게 된 지도 어느덧 반 년이 되었다. 매일 아침 올렌카가 소년의 방에 들어서면 그는 으레 한쪽 팔에 볼을 얹은 채 숨소리 하나 내지 않고 깊이 잠들어 있었다. 그러면 그녀는 깨우는 것이 가엾게 여겨졌다.

"사센카!"

그녀는 슬픈 듯이 말했다.

"일어나거라, 애야! 학교에 갈 시간이야."

소년은 일어나서 옷을 입고 하느님께 기도한 뒤 차를 마시려고 앉았다. 차를 석 잔 정도 마시고 둥근 비스킷 두 개와 버터를 바른 프랑스 빵 반 조각을 먹었다. 그는 아직도 잠이 덜 깨어 기분이 나쁜 듯한 표정이었다.

"사센카, 너 아직 동시(童詩)를 완전히 외지 못했지?"

올렌카는 그렇게 말하며 먼 여행에 보내기라도 하는 듯한 눈길로 소년을 가만히 지켜보았다.

"말썽꾸러기로구나. 정말 잘 해야 돼. 공부도 잘 하고 말이야, 선생님 말씀도 잘 들어야 한다."

"괜찮아요! 좀 내버려 두세요, 제발!"

그리고 그는 학교를 향해 집을 나섰다. 키가 작은데도 커다란 제모(制帽)를 쓰고 제법 묵직해 보이는 책가방을 둘러메고 있었다. 올렌카는 그 뒤를 소리 없이 따라갔다.

"잠깐 기다려, 사센카!"

그녀가 소년을 불러세웠다.

소년이 뒤를 돌아보면 그녀는 그의 손에 대추나 캐러멜 등을 쥐어 주었다. 학교가 있는 골목길로 접어들면 소년은 자기 뒤에 키가 큰 뚱뚱보 아줌마가 따라오는 것이 부끄러워져 뒤돌아서서 이렇게 말했다.

"아줌마, 집으로 돌아가요. 난 이제 혼자서 갈 수 있으니까요."

그녀는 걸음을 멈추고 눈도 깜박거리지 않은 채 소년의 뒷모습이 교문 안으로 사라질 때까지 바라보고 있었다.

그녀가 지금까지 기억하고 있는 애착 가운데에 이보다 깊은 것은 없었다. 날이 갈수록 가슴속에 모성(母性)의 애정이 세차게 불타올랐다. 지금처럼 아무 분별도 없이, 욕심도 이해도 떠나서 마음속으로부터 자기의 넋을 바칠 생각이 든 적은 이제껏 단 한 번도 없었다.

그녀에게는 전혀 남인 이 소년, 양쪽 볼의 보조개, 커다란 제모, 이런 것을 위해서라면 자기의 목숨을 내동댕이쳐도 아깝지 않았을 것이다. 뿐만 아니라, 오히려 기쁨에 넘쳐 감동의 눈물을 흘리면서 목숨을 바쳤을 것이다. 무슨 이유로 그럴수 있는지, 그것을 누가 알겠는가?

사샤를 학교에까지 바래다 준 그녀는 참으로 만족스럽고

여유 있고 흐뭇한, 애정이 넘쳐흐를 듯한 기분에 젖어 천천히 집으로 돌아간다. 그녀의 얼굴 또한 요 반 년 동안에 다시 환해져서 줄곧 미소를 띠고 있었으며, 그녀의 눈동자 또한 밝게 빛나고 있었다. 거리에서 만나는 사람들은 그녀의 얼굴을 유심히 쳐다보고는 저도 모르게 흐뭇해져서 이런 말을 건넸다.

"안녕하세요. 귀여운 올리가 세묘노브나 아주머니. 기분이 어떠세요?"

"요즘엔 중학 공부도 상당히 어려워졌어요."

그녀는 장터에서도 이런 이야기를 했다.

"정말 보통일이 아녜요. 어제만 해도 1학년 학생에게 동화시를 암기하고 라틴어를 번역하는 일, 그리고 또 한 가지 숙제가 더 나왔어요. 정말 꼬마들한테 그래도 괜찮을까요?"

그리고 그녀는 선생들에 대한 소문, 수업 이야기, 교과서 이야기와 전부터 사샤로부터 들은 이야기를 늘어놓았다.

2시쯤부터 그들은 함께 점심 식사를 하고, 밤에는 함께 연습을 하거나 이야기를 나누며 웃었다.

이윽고 사샤를 침대에 눕혀 주면서 그녀는 오랫동안 그를 위해 성호를 긋거나 나지막한 소리로 기도문을 외우거나 했다. 그것을 마치면 자기도 침대에 들어가 꿈도 아니고 생시도 아닌 희미한 먼 장래의 일, 즉 사샤가 대학을 나와 의사나 기사가 되어 셋집 아닌 자기의 커다란 저택을 가지고, 말과 멋진 마차를 갖추어 신부를 맞이하여 아기를 낳고 사는 공상을 즐겼다.

자면서도 역시 같은 것만을 생각했다. 감은 눈에서 눈물이 흘러나와 양쪽 뺨을 적시고 떨어졌다. 그리고 검은 고양이가 그녀의 겨드랑이에 안겨 자면서 자꾸 목구멍 소리를 내고 있다.

"골…… 골…… 골……."

그런데 갑자기 다급하게 대문을 두드리는 소리가 났다. 올렌카는 소스라쳐 잠이 깨어 두려움에 숨도 쉬지 못할 지경이었다. 심장이 터질 듯했다. 30초쯤 뒤 또다시 대문을 두드리는 소리가 들려왔다.

'하르코프에서 전보가 온 모양이군.'

그녀는 온몸을 떨면서 생각했다.

'저 아이의 어머니가 사샤를 하르코프로 불러들이려고 하는 거야……. 아아, 어쩌면 좋지?'

그녀는 정신이 나간 듯한 기분이었다. 머리도 발도 손도 싸늘해지고 자기만큼 불행한 사람은 세상에 없을 것 같았다. 그 뒤 1분쯤 지나자 말소리가 들려왔다. 수의사가 클럽에서 돌아온 것이다.

'아아, 다행이야.'

그녀는 생각했다.

심장의 고동이 차츰 가라앉으며 다시 안도의 편안한 기분이 되었다. 그녀는 또 누워서 사샤에 대한 생각을 계속했다. 사샤는 옆방에서 쿨쿨 잠들어 이따금 이런 잠꼬대를 하고 있었다.

"……어디, 두고 보자! 저리 안 갈 테야! 그만두지 못하겠어!"

개를 데리고 다니는 여인

1

해변에 새로운 얼굴이 나타났다는 소문이 나돌았다. 개를 데리고 다니는 여인이 있다는 것이다. 드미트리 드미트리예비치 쿠로프는 얄타(크리미아 남쪽 해안)에 온 지 2주일이 지나 이미 이곳 생활에도 익숙해져 있었다. 그러므로 차츰 새로운 얼굴에 흥미를 가지게 되었다. 베르네 찻집에 앉아 있으려니 젊은 부인이 지나가는 것이 보였다. 몸집이 작은 금발의 여인으로 베레모를 쓰고 있었다. 그녀의 뒤에는 스피츠 종의 흰 강아지가 따르고 있었다.

그 후에도 그는 시립 공원이나 네거리 광장에서 하루에도 몇 번씩 그 여인을 보았다. 그녀는 언제나 혼자였으며 한결같은 베레모를 쓰고 흰 스피츠를 데리고 산책하고 있었다. 누구

한 사람 그녀에 대해 아는 사람이 없었으며, 다만 '개를 데리고 다니는 여인'이라고 부르고 있었다.

'저 여자가 남편이나 아는 사람과 함께 오지 않았다면 한 번 사귀어 보는 것도 나쁘지 않겠군.'

그는 속으로 생각했다.

그는 아직 마흔도 채 되지 않았는데 열두 살 난 딸 하나와 고등학교에 다니고 있는 두 아들이 있었다. 아내를 맞이한 것은 그가 대학 2학년 때의 일이었으므로, 지금은 아내가 훨씬 늙어 보였다. 키가 크고 눈썹이 짙은 여자로 순진하면서도 거만하고 고집이 셌다. 거기에다 자칭 지적인 여자였다. 상당한 독서가로서 편지도 개정된 맞춤법으로 썼는데 남편을 드미트리라고 부르지 않고 요즘 유행하는 식인 지미트리라고 부르는 것과 같은 식이었다.

한편, 그는 마음속으로 아내를 깊이가 없고 생각이 얕은 시골뜨기 여자라고 생각하고 갑갑하게 여겨 집에 붙어 있지 않았다. 따로 애인을 두기 시작한 것도 상당히 오래 전 일이며, 더욱이 몇 차례나 거듭되고 있었다. 그래서인지 여자에 관한 이야기만 나오면 반드시 나쁘게 말했고, 어느 자리에서든 여자에 관한 이야기를 할 때면 이런 식으로 비하했다.

"저급한 인종들이죠!"

그는 여자들을 그렇게 평가할 자격이 있을 만큼 쓰디쓴 경험을 쌓았다고 생각하고 있지만, 실은 이 '저급한 인종' 없이는 단 하루도 살지 못하는 존재였다. 그에게 있어 남자들의 세계는 지루하고 울적하여 말도 제대로 하지 않고 냉담한 태도를 취하지만, 일단 여자들 속에 끼어들면 느긋하게 해방된 기분이 되어 화제의 선택에서 행동과 태도에 이르기까지 참으로 자연스러워졌다. 그뿐만 아니라 상대방이 여자라면 잠자코 있기만 해도 마음이 편했다.

아무튼 그의 용모나 성격에는 천성적인 매력이 있어서 여자들의 마음을 끌거나 여자를 유혹하기에 충분했다. 그는 자신의 매력을 잘 알고 있었지만, 그 역시 어떤 힘에 이끌려 자석처럼 여자들 쪽으로 끌려갔다.

대체로 남녀 관계라는 것은 처음에는 생활의 단조로움을 제거해 주는 활력소가 되기도 하고 애틋한 모험을 느끼게 하지만 소위 지성인들, 특히 그것이 우유부단하고 결단력이 없는 모스크바 사람의 경우라면 점점 복잡한 관계로 발전하여 결국 그 늪에서 허우적거릴 것이다.

이와 같은 경험을 거듭한 덕택에 그는 그것을 전부터 알고 있었다. 그런데도 불구하고, 또 가슴을 들뜨게 하는 여자를 만나 뼈저린 경험도 기억에서 사라져 버리고 인생이란 다 그런 것이라고 합리화하게 만들었다.

어느 날 해질 무렵, 그가 공원에서 식사를 하고 있을 때였다. 베레모를 쓴 여인이 담담한 표정으로 옆에 있는 테이블을 향해 다가왔다. 그녀의 표정이나 걸음걸이, 옷차림이나 머리 모양 등으로 미루어보아 그녀는 상류 사회의 유부녀로 얄타에는 처음 왔음을 알 수 있었다. 더욱이 지금 혼자 있는 것을 지루해한다는 사실을 알 수 있었다.

이 지방이 매우 보수적인 곳이라 온갖 소문이 난무하고 있음을 알지만, 어쨌든 그것은 근거 없는 헛소문이 대부분이어서 그는 처음부터 문제삼지 않았다. 뿐만 아니라 그런 종류의 이야기는 대개 자기 자신이 그런 짓을 하고 싶어서 못 견디는 작자들에 의해 창작되는 것이라는 것도 잘 알고 있었다.

그런데 막상 그 여인이 세 발짝도 떨어지지 않은 옆 테이블에 앉게 되자, 쉽사리 여자를 유혹한 일이라든가 깊숙한 산속으로 드라이브한 일 등에 대해 쓴 단편 소설들이 새삼스럽게 떠올랐다. 짧고 순간적인 정사, 이름도 성도, 어디 사는 누구인지도 모르는 여인과의 로맨스라든가 하는 유혹적인 상념이 그를 사로잡고 말았다.

그는 부드럽게 개를 유인했다. 개가 다가오자 그녀가 눈치채지 못하게 손가락을 세워 위협을 해 보였다. 개가 으르렁거렸다. 쿠로프는 다시 한 번 개를 위협했다.

여자는 슬쩍 그를 쳐다보더니 이내 눈을 내리깔았다.

"물지는 않아요."

그녀는 이렇게 말하고 얼굴을 붉혔다.

"뼈를 주어도 괜찮을까요?"

그녀가 고개를 끄덕이는 것을 보고 그는 부드러운 목소리로 물었다.

"얄타에 오신 지 오래 되십니까?"

"닷새 정도 됐어요."

"저는 그럭저럭 벌써 두 주일이 됩니다."

두 사람은 잠시 잠자코 있었다.

"하루는 빨리 지나가지만 이곳은 정말 따분한 곳이군요!"

그녀는 그를 보지 않고 말했다.

"모두들 지나가는 말로 이곳이 지루하다고 말씀하시죠. 솔직히 말해서 베료프나 지즈드라(러시아 중부에 있는 마을)에 사는 시골 동네에서 지루한 줄 모르고 정착해 있는 사람들까지도 이곳에 오기만 하면 '아아, 지루하군! 아아, 무슨 먼지가 이렇게 많아!' 하는 말을 몇 번이고 되풀이하죠. 마치 그라나다(스페인 안달루시아의 도시)에서라도 온 듯이 떠들썩하게 말이죠."

그녀가 웃었다. 그리고 두 사람은 서로가 아직 낯선 탓으로 말없이 식사를 계속했다.

그러나 식사를 마치고 어깨를 나란히 하여 밖으로 나오자 이내 농담이 섞인 부담 없는 대화를 주고받았다. 어디를 가든지 무엇에 대해 이야기를 하든지 아무래도 상관없는, 한가롭고 여유 있는 그런 사람들이 하는 이야기였다. 두 사람은 천천히 거닐면서 이상한 빛을 띠고 있는 바다에 대해 이야기했다. 부드럽고 따뜻해 보이는 보랏빛 수면 위로 달이 한 줄기 금색의 띠를 흘리고 있었다.

두 사람은 몹시 더운 날은 해가 진 뒤에 더욱 무덥다는 것도 화제로 삼았다. 쿠로프는 자기가 모스크바 사람이며, 대학은 문과를 나왔으나 현재 은행에 근무하고 있다는 것과 언젠가 민간 오페라단에서 연습을 했으나 도중에 그만두었다는 것, 그리고 모스크바에 집 두 채가 있다는 것 등의 이야기를 했다.

그녀는 페테르부르크에서 자랐으며 시집을 간 곳은 S시로, 그곳에서 이미 2년이나 살고 있다고 했다. 얄타에는 한 달쯤 더 머무를 예정인데 남편도 기분 전환을 하고 싶어해 곧 뒤따라올 것이라는 이야기를 들려주었다. 그녀는 자기 남편이 어디에 근무하고 있는지 — 현청(縣廳)인지 아니면 현회(縣會)인지 아무래도 설명이 되지 않자 스스로도 그것을 우스워했다. 쿠로프는 또 그녀의 이름이 안나 세르게예브나라는 것도 알게 되었다.

이윽고 호텔의 자기 방으로 돌아온 그는 그녀를 생각하며 내일도 아마 그 여인을 우연히 만나게 될 것이라고 생각했다.

그렇게 되지 않는다면 오히려 이상할 것이다. 침대에 들어가면서 그는 문득 그 여인이 바로 얼마 전까지만 해도 순수한 여대생이었다는 것과 그녀의 웃는 모습이나 모르는 사람과의 대화에서 두려워하는 순진함이 아직도 남아 있음을 눈치챘다. 틀림없이 그 여인은 난생 처음으로 이런 환경, 즉 낯선 남자가 엉큼한 마음으로 수작을 건네는 상황에 놓여진 것임에 틀림없을 것이라고도 생각했다. 그는 또 여인의 가는 목덜미와 아름다운 회색 눈동자를 떠올렸다.

'그건 그렇고, 그녀에게는 뭔가 특별한 것이 있어.'

그는 이런 생각을 하며 그대로 잠들었다.

2

쿠로프가 그녀를 알게 된 지 1주일이 지난 축제일이었다. 방 안은 무덥고 거리에서는 회오리바람이 먼지를 일으켜 모자가 날아갈 지경이었다. 쿠로프는 온종일 목이 말라 몇 번이나 카페에 가서 안나 세르게예브나에게 시럽을 탄 물이나 아이스크림을 권하였다.

저녁 무렵이 되어 바람이 조금 잠잠해지자, 두 사람은 배가 들어오는 것을 구경하기 위해 선창으로 나갔다. 선창에는 많은 사람들이 모여 있었고, 누구를 마중하려고 모인 것인지 손에 꽃다발을 들고 있었다. 여기서도 역시 두드러지게 눈에 띄는 멋쟁이 얄타 사람들의 차림새를 볼 수 있었다. 화려한 차림의 중년 여인들과 장군 제복 차림의 사람들이 많았다.

배는 풍랑이 거세었으므로 해가 지고 나서야 겨우 들어왔다. 방향을 바꾸어 선창에 닻을 내리느라 오랜 시간이 지체되었다. 안나 세르게예브나는 손잡이 안경을 들고 아는 사람을 찾기라도 하는 듯 배에서 내리는 손님들을 바라보고 있었다.

이윽고 그녀가 쿠로프에게 말을 건네려고 고개를 돌렸을 때 그녀의 눈이 빛나고 있었다. 그녀는 몹시 말이 많아져 엉뚱한 질문을 계속하고 방금 자기가 물은 것도 금세 잊어버렸다. 그러던 중 붐비는 군중 속에 안경을 떨어뜨리고 말았다.

화려한 차림의 군중이 차차 흩어져 이제 사람의 그림자라곤 찾아볼 수 없게 되고 바람도 완전히 잠들었다. 쿠로프와 안나 세르게예브나는 아직도 누군가가 배에서 내려오지 않을까 하고 기다리는 사람처럼 그곳에 서 있었다. 안나 세르게예브나는 이제 쿠로프를 보지 않고 잠자코 꽃냄새를 맡고 있었다.

"저녁이 되어서야 날씨가 조금 좋아지는군요."

그가 말했다.

"자, 그럼 지금부터 어디로 갈까요? 어디로든 가야 하지 않을까요?"

그녀는 아무 대답도 하지 않았다.

그는 잠시 그녀를 바라보더니 갑자기 그녀를 껴안고 입술에 키스했다. 꽃냄새가 풍기고 물방울이 그에게 뿌려졌다. 그와 동시에 그는 누군가가 보지 않았을까 하고 주위를 두려운 듯 살폈다.

"당신 방으로 갑시다."

쿠로프가 나직이 말했다.

그리고 두 사람은 종종걸음을 걷기 시작했다.

그녀의 방은 무덥고, 일본인 가게에서 그녀가 사온 향수 냄새가 풍겼다. 쿠로프는 새삼스레 그녀를 쳐다보면서 '참으로 여러 여자를 만나는군!' 하고 생각했다. 지금까지 그에게 남아 있는 추억의 여인 중 비록 잠시 동안의 행복일망정 그것을 느끼게 해 준 상대방에게 감사할 선량한 여자도 있었다. 그런가 하면 또 — 이를테면 그의 아내처럼 — 사랑하는 태도에 도무지 진실성이 없고 잔소리만 잔뜩 늘어놓으며 히스테릭한 행동을 하면서도 이건 정말 시시한 정사가 아니라 뭔가 좀더 의미심장한 것이라는 듯한 표정을 짓는 여자들도 있었다. 그리고 또 굉장한 미인으로, 냉정하면서도 때로는 인생에서 가질 수 있는 범위를 훨씬 넘어서 더욱 많이 소유하고 싶다는 그런 외고집의 욕망과 욕심꾸러기 같은 표정이 순간적으로 번득이던 여자도 두세 명 있었다. 쿠로프는 이들이 젊은 시절을 이미 보내 버린 변덕이 심하고, 분별이 없고, 남을 억누르려 하고, 약간 머리가 모자라는 여자들로 보였다. 그래서 그는 사랑이 식어감에 따라 그녀들의 아름다움에 오히려 싫증이 나고, 속옷 레이스 장식까지도 왠지 비늘같은 섬뜩한 기분이 들었다.

그런데 이번에는 언제까지 기다려도 여전히 순진한 젊은 여인에게 있게 마련인 조심성과 부자연스러운 기분이 가시지 않아, 이쪽에서 본다면 마치 누군가가 갑자기 문을 노크해서 당황해하는 그런 느낌이었다. 안나 세르게예브나, 즉 이 '개를 데리고 다니는 여인'은 지금 자신에게 일어난 일이 자신의 삶에서 무엇인가 특별하고 매우 심각한 것을 의미하는 듯한 태도를 취하고 있었다. 얼굴 양쪽에 길다란 머리칼을 슬픈 듯이 드리운 안나 세르게예브나는 우울한 자세로 생각에 잠겨 있었다. 그녀의 모습은 어쩌면 옛날 그림에 있는 죄 많은 여인(요한복음 8장 3절)과 꼭 닮아 있었다.

"안 돼요."

그녀가 침묵을 깨고 말했다.

"이제 당신은 나를 존중해 주지 않으시는군요."

방 안의 테이블 위에는 수박이 놓여 있었다. 그는 한 조각을 잘라서 천천히 먹기 시작했다. 침묵 속에 긴 시간이 흘렀다.

안나 세르게예브나의 모습은 보기에도 가련했으며, 그녀의 태도에서는 때묻지 않은 순진함과 청순함이 숨쉬고 있었다.

초 한 자루가 테이블 위에서 그녀의 얼굴을 비추고 있었다.
그녀가 힘들어한다는 것을 잘 알 수 있었다.

"당신을 존중하지 않는다니, 어찌 내가 그럴 수 있겠소?"

쿠로프가 반문했다.

"당신은 지금 무슨 말을 하고 있는지 스스로도 모르고 있는
것 같군요."

"하느님, 용서해 주십시오!"

그녀는 눈에 눈물이 가득 고인 채 말했다.

"정말 무서운 일이에요."

"마치 변명이라도 하고 있는 것 같군요."

"어떻게 내가 변명 따위를 할 수 있겠어요? 나는 나쁘고 천
한 여자인걸요. 제 자신을 멸시할 망정 변명하려고 생각하지
는 않았어요. 나는 남편을 속인 것이 아니라 자신을 속인 거
예요. 더욱이 지금 시작된 것이 아니라 벌써 오래 전부터 그
랬어요. 우리집 그이는 정직하고 좋은 사람일지도 모르죠. 하
지만 그이는 정말 종인 걸요! 나는 그이가 사무실에서 어떤
일을 하고 있는지, 어떤 근무 태도를 취하고 있는지 알 수 없
어요. 다만 그이가 종의 근성을 갖고 있다는 것만은 알고 있
어요. 내가 그이한테 시집온 것은 스무 살 때였어요. 나는 호
기심이 지독할 정도로 강했고, 무엇인가 나은 일을 하고 싶어
서 견딜 수가 없었어요. 하지만 '이것 봐, 좀더 다른 생활이

있지 않느냐 하고 나는 자신에게 타일렀어요. 재미있는 생활을 하고 싶었지요! 악착같이 살아나가고 싶었어요. ……나는 호기심으로 가슴이 타버렸어요. 이런 기분을 당신은 이해할 수 없겠지만, 정말로 나는 이제 나 자신을 주체할 수가 없어 정신을 걷잡을 수가 없게 되어 버렸어요. 그래서 그이한테는 아프다고 말하고 이곳으로 온 거예요. ……이곳에 와서도 마치 주정뱅이나 미치광이처럼 싸돌아다니기만 하고……. 결국은 이처럼 누구한테 멸시를 받아도 어쩔 수 없는 천한 여자가 되어 버렸죠."

쿠로프는 더 듣고 있을 수가 없었다. 그 순진한 말투라든가 참으로 엉뚱하고 장소에 어울리지 않는 참회의 말이 그를 초조하게 만들었던 것이다.

만약 그녀의 눈에 눈물이 괴어 있지 않았더라면 농담이나 연극을 하고 있다고 생각했을 것이다.

"난 잘 모르겠소."

쿠로프가 나직이 말했다.

"그래서 도대체 어떻게 하라는 거요?"

그녀는 얼굴을 그의 가슴에 깊이 파묻었다.

"믿어 주세요. 나를 믿어 주세요. 제발……."

그녀가 애원했다.

"나는 바르고 깨끗한 생활이 좋아요. 도리에 어긋난 일은 할 수 없어요. 지금 내가 하고 있는 것은 내 자신도 전혀 모르겠어요. 세상 사람들은 흔히 마귀가 붙었다고 말하죠? 지금 내가 바로 그래요. 나한테 마귀가 붙은 거예요."

"알았소. 이젠 알았소……."

쿠로프는 중얼거렸다.

그가 두려움이 가득한 눈으로 쳐다보고 있던 세르게예브나에게 키스를 해 주고 나직한 소리로 정답게 달랬다. 그러는 동안에 그녀도 조금씩 평온을 되찾았다. 이윽고 두 사람은 소리를 내어 웃게 되었다.

그들이 바깥으로 나왔을 때에는 해변에는 사람의 그림자라곤 하나도 없이 파도만 해변으로 밀어닥치고 있었다. 거룻배한 척이 물결에 출렁거리는 위로 등불 하나가 몹시 졸리는 듯이 깜박이고 있었다.

두 사람은 마차를 타고 오레안다로 떠났다.

"방금 나는 아래층 대합실에서 당신의 성을 알아냈소. 흑판에 폰 디델리츠라고 씌어져 있더군."

쿠로프가 말했다.

"당신 남편은 독일 사람이오?"

"아뇨. 아마 그이의 할아버지가 독일 사람이었나 봐요. 하지만, 그이는 정교도(正敎徒)예요."

오레안다에서 두 사람은 교회에서 그다지 멀지 않는 벤치에 앉아 바다를 내려다보면서 침묵을 지키고 있었다. 얄타는 멀리 아침 안개를 뚫고 희미하게 보이고 산봉우리에는 흰구름이 걸려 움직이지 않았다. 나뭇잎은 미동도 하지 않고 매미가 울고 있었다. 멀리서 들려오는 바다의 단조롭고 둔한 해조음은 우리들 인간의 앞길에서 기다리고 있을 안식과 영원의 잠을 말하고 있는 듯했다. 파도 소리는 이곳, 얄타도 오레안다도 없었던 옛날에도 들렸을 것이고, 지금도 들리고, 그리고 우리가 죽은 뒤에도 똑같이 무관심하고 둔한 소리로 계속될 것이다. 그리하여 지금도 옛날과 변함없는 소리, 우리 모두의 죽음과 삶에 아무런 관심도 없는 가운데 어쩌면 우리의 영원한 구원의 증거, 지상 생활의 끊임없는 추억의 증거, 완성에의 끊임없는 행진의 증거가 숨어 있는지도 모른다.

쿠로프는 새벽빛 속에서 매우 아름다운 젊은 여성과 나란히 앉아 바다와 산과 구름과 넓디넓은 하늘이 환영처럼 펼쳐져 있는 것을 쳐다보고 있는 동안에 어느덧 마음이 안정되고 황홀해져 마음속으로 이런 것을 생각했다. 이 세상의 모든 것은 얼마나 아름다운 것일까? 인생의 고상한 목적이나 인간으로서의 자기의 품위를 잊어버리고 우리가 스스로 생각하는 일을 제외한 다른 모든 것은.

한 사나이가 다가왔다. 아마 경비원일 것이다. 두 사람을 잠시 쳐다보더니 그대로 저쪽으로 가버렸다. 그러한 자그마

한 일까지도 참으로 신비스런 느낌이 들고 역시 아름다운 것으로 여겨졌다. 페오도시아(크리미아 남쪽에 있는 항구)에서 기선이 들어오는 것이 보였다. 아침 어스름을 뚫고 모습을 드러내는 기선에는 등불이 꺼져 있었다.

"풀에 이슬이 맺혀 있군요."

안나 세르게예브나가 침묵을 깨고 그렇게 말했다.

"그렇소. 이제 돌아갈 시간이오."

두 사람은 마을로 돌아갔다.

그 뒤로 매일 정오가 되면 두 사람은 해변에서 만나 가벼운 점심을 함께 들고 저녁 식사도 함께 하며 산책을 하거나 황홀하게 바다를 바라보거나 했다.

그녀는 잠을 이룰 수 없다든가, 가슴이 몹시 빨리 뛰어 견딜 수가 없다든가 하면 투정을 부리고, 때로는 질투와 공포심으로 흥분하여 그가 자신을 존중하지 않는다는 말을 꺼내곤 했다. 흔히 그는 네거리 광장이나 공원에서 옆에 아무도 없는 틈을 타서 갑자기 여인을 끌어안고 뜨거운 키스를 해 주었다. 누구에게 들키지나 않을까 하여 주위를 살펴보면서 조마조마한 마음으로 하는 대낮의 키스, 더위, 바다 냄새, 언제나 눈앞에 서성대는 게으르고 멋만 부리고 배불리 먹는 사람들, 그리한 것 덕택으로 그는 마치 사람이 전혀 달라진 것처럼 보였다.

그는 안나 세르게예브나에게 '당신은 참으로 미인이야. 참으로 매력적인 여자야' 하고 말하면서 불타오르는 정열로 안절부절못하며 그녀 곁에서 한 발자국도 떨어지지 않았다. 한편 그녀도 생각에 잠기며 '당신은 나를 존중하지 않아요. 나를 다만 천한 여자로밖에 보고 있지 않군요. 그렇다면 그렇다고 깨끗이 고백하세요' 하고 줄곧 졸라댔다. 거의 매일 밤, 약간 느지막하게 두 사람은 어딘가 교외로, 오레안다나 폭포 쪽으로 마차를 타고 갔는데, 그러한 산책은 그때마다 멋지고 숭고하기까지 했다.

그들은 그녀의 남편이 꼭 올 것으로 생각하고 있었다. 그런데 그로부터 편지가 왔다. 눈이 나빠졌다는 것과 아내에게 제발 빨리 돌아와 주기 바란다고 알려왔다. 안나 세르게예브나는 초조했다.

"제가 떠난다는 것은 잘된 일이에요."

그녀는 쿠로프에게 말했다.

"이것이 운명이라는 거예요."

그녀가 마차로 떠나려 하자 그도 함께 배웅하러 갔다. 한나절이 걸리는 거리였다. 이윽고 그녀가 급행 열차의 좌석에 자리잡고 두 번째 벨 소리가 울렸을 때 이렇게 말하였다.

"자, 그럼 다시 한 번 얼굴을 보어 주세요. 다시 한 번 잘 보여 주세요. 자, 이렇게."

그녀는 울지 않았으나 마치 환자처럼 침울한 모습으로 얼굴을 떨고 있었다.

"당신을 잊지 않겠어요. 언제까지나 기억하고 있겠어요."

그녀는 계속했다.

"안녕히 계세요. 행복을 빌겠어요. 저를 나쁘게 생각하지 마세요, 네? 우리, 이것으로 헤어지기로 해요. 하기야 그렇겠죠. 두 번 다시 만나지 못할 테니까요…… 그럼, 안녕!"

기차는 점점 멀어져 그 불빛도 곧 사라지고 1분 뒤에는 이제 소리마저 들리지 않게 되었다. 그것은 마치 달콤한 꿈속과도 같은 기분, 이 어리석은 기분을 한시라도 빨리 깨뜨려 주려고 모두가 일부러 약속한 것과도 같았다.

홀로 우두커니 플랫폼에 남아, 먼 어둠 속을 응시하면서 쿠로프는 마치 막 잠이 깬 듯이 귀뚜라미의 울음소리와 전선(電線)에서 흘러나오는 소리에 귀를 기울였다. 그리고 마음속으로 이런 것을 생각하고 있었다. 내 생애에는 실제로 또 하나, 파란이랄까 에피소드랄까 하는 것이 있었지만, 그것도 역시 끝나 버리고 지금은 추억만이 남아 있을 뿐이라고.

그는 마음이 여려져서 쓸쓸해지고, 가벼운 후회를 하고 있었다. 생각하면 두 번 다시 만날 기회가 없는 그 여인도 그와 함께 있는 동안 행복했었다고는 말하지 않을 것이다. 상냥하게 대해 주었고, 진심으로 돌보아 주었지만, 그녀에 대한 그의 태도나 말투나 사랑하는 방법 가운데에는 역시 운수좋게 행운을 얻은 사나이의 가벼운 자만이나 우쭐대는 자기 도취가 그림자처럼 들여다보이는 것은 어쩔 수 없었다.

그녀는 언제나 그를 친절하고 세상에 드문 고상한 사람이라고 부르고 있었다. 그러고 보면 어쩐지 그녀의 눈에는 실제와는 다른 그의 모습이 비치고 있었던 것 같기도 했다. 결국은 무의식중에 그녀를 속이고 있었던 셈이었다.

정거장은 가을 냄새 속에서 쌀쌀한 밤 속으로 가라앉고 있었다.

'나도 슬슬 북쪽으로 돌아가야겠군. 이제 돌아가야겠어!'

쿠로프는 플랫폼을 나가면서 생각했다.

3

모스크바 사람들은 이제 완전히 겨우살이 준비를 끝내고 난로를 피우고 있었다. 매일 아침 아이들이 학교에 갈 채비를 하거나 차를 마시는 동안은 아직 어두웠으므로 유모가 한동안 등불을 밝혀야 했다. 벌써 때이른 첫눈이 내려 추위가 들이닥쳤다.

썰매를 타고 가는 날, 흰 땅이나 흰 지붕을 보는 것은 즐거운 일이어서 호흡도 순조롭고 기분이 좋아짐에 따라 이맘때만 되면 반드시 소년 시절이 회상된다. 보리수와 자작나무의

고목이 서리를 맞아 하얗게 변한 모습에는 어딘지 인자한 할아버지와 같은 표정이 있어 측백나무나 종려나무보다 훨씬 친근감이 느껴졌다. 그 옆에 있으면 산이나 바다에 대해선 생각하고 싶지가 않았다.

쿠로프는 맑고 추위가 살을 에는 듯한 날에 모스크바로 돌아와 털가죽 외투를 입고 따뜻한 장갑을 끼고 페트로프카 거리를 한 바퀴 돌았다. 그는 토요일의 종소리를 들으면서 최근의 여행에 대한 것도, 여행한 여러 고장에 대한 것도 모두 매력이 없어지는 기분이었다. 쿠로프는 차츰 모스크바 생활에 젖어들어 지금은 하루에 세 종류나 되는 신문을 굶주린 듯이 읽으면서도, 모스크바의 신문을 안 읽는 주의(主義)라는 듯 시치미를 뚝 뗀 얼굴을 했다. 그러는 동안에 카페나 클럽에 가고 싶고, 요리나 만찬에 초대받은 것이 기다려지곤 했다.

마침내 그의 집에 유명한 변호사나 관리들이 출입하고 박사 클럽에서 교수들을 상대로 트럼프 놀이를 한다는 것을 무척 자랑스럽게 생각하게 되었다. 결국은 스튜 냄비의 고기 1인분을 먹어치울 정도로 식욕도 되찾게 되었다.

한 달만 지나면 안나 세르게예브나의 모습은 기억 속에서 완전히 안개에 싸여 지금까지의 여인들과 마찬가지로 가련한 웃음을 띠고 이따금 꿈속에만 나타나는 것으로 끝나게 될 것이다……. 그런 식으로 그는 대수롭지 않게 여기고 있었다.

그러나 한 달이 지나고 겨울이 닥쳐와도 마치 안나 세르게예브나와 헤어진 것이 바로 어제 있었던 일처럼 모든 것이 기억 속에 생생히 남아 있었다. 오히려 추억은 점점 세차게 불타올랐다.

초저녁의 고요 속에서 아이들 책 읽는 소리가 서재에 들려와도, 문득 노랫소리와 카페에서 오르간을 치는 소리가 들려도, 그리고 벽난로 속에서 눈보라치는 소리가 나도 가슴이 아려왔다. 그 선창에서 있었던 일과 안개가 끼었던 새벽, 페오도시아에서 온 기선 등 모든 것이 빠짐없이 기억속에 되살아나는 것이었다. 그는 방 안을 왔다갔다하며 추억을 더듬거리거나 미소짓거나 했다. 그러는 동안에 추억은 차츰 공상으로 바뀌어 과거가 상상 속에서 미래의 일과 뒤섞이게 되었다.

안나 세르게예브나는 꿈에 나타나지 않았지만, 마치 그림자처럼 그를 지켜보고 있는 것만 같았다. 눈을 감으면 그녀의 모습이 마치 현실의 그것처럼 똑똑히 보였다. 더욱이, 이전보다 한층 아름답고 성숙해진 것처럼 느껴졌다. 그리고 그 자신도 얄타에 머물던 무렵보다 풍채가 좋아진 것처럼 생각되었다. 밤마다 그녀는 책상 속에서, 벽난로 속에서, 방 안 한쪽 구석에서 그를 조용히 쳐다보고 있어, 그에게는 그녀의 숨소리와 비단옷 스치는 부드러운 소리가 들리는 것이었다. 거리에 나가면 그는 여인들의 모습을 자꾸 쳐다보면서 그녀를 닮은 여인이 없을까 하고 찾게 되었다.

그러는 사이에 자기의 추억을 다른 사람에게 들려주고 싶어서 더 이상 참을 수가 없게 되었다. 그러나 자기 집에서 사랑을 이야기할 수도 없고, 그렇다고 집 밖에서 이야기를 들어줄 마땅한 상대자를 찾아낼 수도 없었다. 더욱이 세든 사람을 상대로 할 수도 없거니와 은행에도 이렇다 할 상대자가 없었다. 게다가 또 무슨 이야기를 한단 말인가? 자기는 그때 과연 사랑을 하고 있었던 것일까? 도대체 그가 안나 세르게예브나와 맺은 관계에 뭔가 아름다운 것, 시적인 것, 또는 유익한 것, 또는 단순히 재미있는 이야깃거리라도 있었던가? 그래서 막연하게 사랑이나 여성에 대해 말해 보았지만, 누구 한 사람 그가 말하려 하는 바를 이해해 주는 사람이 없었다. 다만 그의 아내가 이렇게 말했을 뿐이었다.

"드미트리, 당신에겐 심각한 역할이 전혀 어울리지 않아요."

어느 날 밤 늦게 친구와 함께 박사 클럽에서 나오다가 그는 마침내 참을 수가 없어 입을 열었다.

"실은 말이야. 얄타에서 나는 황홀한 미인과 사귀었다네."

잠자코 썰매를 타고 달리던 관리가 갑자기 뒤돌아보며 그의 이름을 불렀다.

"드미트리, 드미트리예비치!"

"왜 그러나?"

"아까 자네가 말한 것은 정말이었네. 사실 그 철갑상어는 냄새가 고약했지."

이 평범한 말이 어찌된 영문인지 쿠로프의 비위에 몹시 거슬려 참으로 비열하고 불결한 말로 여겨졌다. 얼마나 야만적이며 얼마나 시시한 녀석인지! 이렇듯 가치 없고 시시한 나날이라니! 광란의 트럼프 놀이, 폭식과 폭음, 장황하여 끝이 없고 단순하기 이를 데 없는 이야기, 쓸모라고는 전혀 없는 심심풀이나, 한 가지 화제로 되풀이되는 이야기로 하루 중 가장 좋은 시간과 최고의 에너지를 빼앗기고 결국 남는 것이라고는 뭔가? 꼬리도 날개도 없어진 듯한 생활, 어딘가 어리석기 짝이 없고 빠져 달아나지도 못하는 면에서나 이것은 정신 병원에서 감옥으로 들어간 것과 흡사하다!

쿠로프는 그날 밤 한숨도 자지 못하고 괴로워했다. 그 덕분에 다음날은 하루종일 머리가 아팠다. 이어 밤이면 밤마다 잠이 오지 않고 자주 침대 위에 앉아서 생각하거나 방 안을 이리저리 왔다갔다하면서 지새우기 일쑤였다. 아이들도 싫어졌고, 은행 일도 지긋지긋했으며, 아무 데도 가고 싶지 않았고, 아무 말도 하고 싶지 않았다.

12월의 휴가가 되자 그는 여행을 결심했다. 아내에게는 어느 청년의 취직 알선을 하려고 페테르부르크에 다녀오겠다고

말해 놓고는 S시로 떠나갔다. 왜? 무엇 때문에? 그 자신도 알수 없었다. 어쨌든 안나 세르게예브나를 만나서 이야기를 하고 싶었다. 가능하다면 시간을 갖고 여유 있게 만나보고 싶다고 생각했던 것이다.

그는 아침 나절에 S시에 도착하여 호텔의 가장 좋은 방에 투숙했다. 바닥은 온통 회색 군복 천이 깔려 있었다. 테이블 위에는 한 손에 모자를 높이 치켜든 말탄 용사의 조상(彫像)이 붙어 있었으나 목은 떨어져 나가고 없었다. 그 외에 먼지가 앉아 회색이 된 잉크병이 놓여 있었다. 수위가 그에게 필요한 정보를 알려 주었다.

폰 디델리츠라는 사람은 스탈로 곤차르나야 거리의 저택에 살고 있으며, 그 집은 호텔에서 멀지 않다고 했다. 수입이 좋아 호화로운 생활을 하고 있으며 자가용 마차도 가지고 있어서, 이 근처에서 누구 한 사람 그를 모르는 사람이 없다는 것이었다. 수위는 그의 이름을 드뤼딜리츠라고 발음했다.

쿠로프는 서서히 스탈로 곤차르나야 거리로 걸어가서 그 집을 찾아냈다. 바로 집 정면에는 회색의 기다란 울타리가 잇따라 이어져 있고 못질이 되어 있었다. '이런 울타리쯤은 쉽게 넘어갈 수 있지.' 하고 쿠로프는 창문과 울타리를 번갈아 쳐다보면서 마음속으로 생각했다.

그는 여러 가지로 궁리해 보았다. 오늘은 관청이 쉬는 날이니까 그녀의 남편은 아마 집 안에 있을 것이다. 그러므로 집을 방문하는 것은 그다지 좋은 방법이 아니다. 그렇다고 해서 편지를 보낸다면 남편의 손에 들어갈지도 모르고……. 그렇게 되면 모든 일이 허사가 된다. 가장 좋은 방법은 기회를 기다리는 것이다. 그는 그렇게 마음을 먹고 거리를 어슬렁거리거나 울타리를 따라 걸어보기도 하면서 기회를 기다리고 있었다. 잠시 후 어떤 거지가 문 안으로 들어가는 것이 보이고 곧 개가 짖어댔다. 이윽고 한 시간쯤 지나자 피아노 치는 소리가 들리고, 그 음색이 희미하게 흘러나왔다. 안나 세르게예브나가 치고 있는 것이 분명했다. 갑자기 현관문이 열리더니 한 노파가 나오고 그 뒤를 따라오는 것은 바로 그 낯익은 흰 스피츠였다. 쿠로프는 개 이름을 부르려고 했으나 갑자기 가슴이 두근거리기 시작하여 흥분한 나머지 개 이름이 머리에 떠오르지 않았다.

한참 더 머뭇거리고 있으려니 그 회색의 울타리가 저주스러워졌다. 그리고 이제는 애타는 심정이 되어 안나 세르게예브나는 자기를 잊어버렸고, 어쩌면 다른 남자와 가까이 지내고 있는지도 모른다는 생각이 들었다. 그러나 아침부터 밤까지 이 저주스러운 울타리를 쳐다보면서 살아야 하는 젊은 여자에게는 지극히 당연한 일일지도 모른다는 생각이 들었다.

그는 호텔 방으로 돌아왔다. 어떻게 하면 좋을지 막연해져 오랫동안 소파에 앉아 있었다. 그러다가 이윽고 점심을 먹고 나서 곤히 잠들어 버렸다.

'세상에, 이보다 멍청하고 위험한 짓도 없을 거야.'

잠에서 깨어나, 어두워진 창문을 쳐다보면서 그는 생각에 잠겼다. 이미 해가 저물어 있었다.

'어쩌자고 이렇게 자버렸을까? 아, 이 밤중에 도대체 무얼 할 수 있다는 거지?'

병원처럼 회색의 싸구려 모포를 깐 침대 위에 앉아서 그는 사뭇 분한 듯이 자기 자신을 비웃었다.

'바로 이게 그 개를 데리고 다니는 여인이야……. 이게 기다리고 기다렸던 모험이라구……. 이렇게 여기에 앉아 기다려라.'

바로 그때 그날 아침 정거장에서 보았던 커다란 글씨로 된 포스터가 기억났다. '기생'이라는 연극의 초연! 그는 그것을 생각해 내자 극장으로 갔다.

'그 여자가 공연 첫날 구경하러 올 가능성이 높으니까 말이야.' 하고 생각했던 것이다.

극장은 대만원이었다. 극장이라면 어디나 마찬가지지만 여기서도 샹들리에 위로는 담배 연기가 자욱했고, 아래층 관람석은 꽉 들어차서 소란스러웠다. 첫 줄에는 막이 열리기를 기다리는 이 고장의 인사들이 뒷짐을 지고 서 있었다. 현(縣) 지사의 좌석은 역시 맨 앞이어서 지사의 딸이 모피 목도리를 두르고 앉아 있고, 지사 자신은 현수막 뒤에 점잖게 앉아 있어서 그의 손만 보였다. 막이 흔들리고 오케스트라가 오래도록 음을 맞추었다. 관중들이 들어와서 자리에 앉을 동안 쿠로프는 줄곧 정신 없이 그녀를 찾고 있었다.

드디어 안나 세르게예브나가 들어왔다. 그녀는 세 번째 줄에 자리를 잡았다. 쿠로프는 그녀의 모습을 얼핏 본 순간 심장이 멎는 듯했다. 지금 자기에게 이 세상에서 이처럼 가깝고, 이처럼 귀중하고, 이처럼 절대적인 사람이 없다는 것을 뚜렷이 느끼고 있었다. 초라한 시골 군중들 속에 섞여 있는 이 자그마한 여인, 조잡한 오페라 글라스를 두 손으로 만지작거리고 있는 그 여인이 이제는 그의 모든 생활의 슬픔이고 기쁨이요, 유일한 행복이었다. 수준 낮은 오케스트라와 형편 없는 시골뜨기의 바이올린 소리를 들으며 그는 그녀가 얼마나 아름다운 여인인가 하고 생각에 잠겼다. 한편으로는 현재의 이 여인을 생각하고, 한편으로는 지난 날의 추억을 떠올렸다.

안나 세르게예브나 옆에는 구레나룻을 약간 기른 키가 크고 등이 구부정한 사나이가 서 있었다. 그는 한 발자국을 옮길 때마다 고개를 끄덕였으므로 자동으로 절을 하고 있는 듯이 보였다. 아마 이 사나이가 그녀가 그날 밤, 얄타에서 비통한 감정의 발작에 사로잡혀 '종'이라고 실례가 되는 말로 불렸던 남편일 것이다. 그리고 보니 그 전봇대와 같은 모습이나 구레나룻, 조금 벗겨져 올라간 이마에는 마치 하인 같은 겸양이 나타나 있는 듯했다. 게다가 줄곧 미소를 띠고 가슴에는 마치 하인의 근성처럼 달려 있는 어떤 배지가 반짝이고 있었다.

1막이 끝나자 그녀의 남편은 담배를 피우려는 듯 나갔고, 그녀는 자리에 남아 있었다. 칸막이가 된 관람석에 자리잡았던 쿠로프는 그녀 곁으로 다가가 억지로 웃음을 지으며 떨리는 목소리로 이렇게 말했다.

"안녕하십니까?"

그의 얼굴을 쳐다보던 그녀는 얼굴이 창백해졌다. 이윽고 다시 한 번, 자기 눈을 믿을 수 없다는 듯 겁에 질려 그를 쳐다보았다. 두 손으로 부채와 오페라 글라스를 꽉 움켜쥐었다. 기절하지 않으려는 듯 자기 자신을 상대로 싸우고 있는 것이 틀림없었다. 두 사람은 모두 아무 말이 없었다. 그는 그녀가 생각보다 너무 당황하는 데 놀라 옆자리에 앉지 못하고 서 있었다. 음정을 맞추는 바이올린과 플루트 소리가 나자, 그는 마치 모든 사람들이 두 사람을 주시하고 있는 듯한 느낌이 들어 섬뜩했다. 그러나 그때 갑자기 그녀가 자리에서 일어서더니 종종걸음으로 출구를 향해 걸어갔다. 그도 말없이 그녀의 뒤를 따라갔다. 두 사람은 복도에서 계단으로, 계단에서 복도로 올라갔다 내려갔다 했다. 두 사람의 눈앞에는 법관복이나 교원복, 영지(領地) 사무관의 제복을 입은 사람들이 제각기 휘장을 가슴에 달고 담배 냄새를 물씬 풍기며 지나갔고, 모피 외투를 걸친 그들 부인의 모습이 눈에 어른거렸다. 쿠로프는 심하게 뛰는 가슴을 억누르면서 마음속으로 생각했다.

'정말 한심스럽군! 도대체 이게 무슨 꼴이란 말인가? 이 사람들은, 저 오케스트라는……'

그러자 그때 갑자기, 그는 두 사람이 헤어지던 날 저녁 정거장에서 안나 세르게예브나가 '이것으로 헤어지기로 하자. 이제 두 번 다시 만나지 못할 테니까……' 하고 말하던 일을 회상했다. 그것이 마지막이 되려면 아직도 얼마나 시간이 남아 있는 것일까?

'입석 입구'라는 푯말이 붙어 있는 좁고 어둠침침한 계단의 중간에서 그녀는 걸음을 멈추었다.

"사람을 몹시 놀라게 하시는군요!"

그녀는 괴로운 듯이 숨을 몰아쉬면서 말했다. 아직도 창백하고 당혹한 표정이었다.

"정말 사람을 놀라게 하는 분이군요! 저는 지금 살아 있는 것 같지가 않아요. 무슨 일로 오셨어요? 무엇 때문인가요?"

"이해해 주시오, 안나……."

나직이 서둘러 말했다.

"제발 부탁이오. 이해해 주시오……."

그녀는 공포와 애원과 애정이 뒤섞인 눈으로 그를 쳐다보았다. 그의 모습을 될 수 있는 대로 확고하게 기억 속에 새겨 넣으려는 듯 뚫어지게 바라보았다.

"저는 몹시 괴로워하고 있어요!"

그녀는 상대의 말에는 귀를 기울이지 않고 말을 이었다.

"저는 늘 당신 생각만 하고 있었어요. 당신을 생각하는 낙으로 살아왔어요. 그리고 이젠 잊어버리려 노력하고 있었는데…… 왜, 왜 오셨어요?"

몇 단 위의 충계에서 두 고등학생이 담배를 뻐끔뻐끔 피우면서 내려다보고 있었다. 그러나 쿠로프에게는 그런 것은 아무래도 좋았다. 그는 안나 세르게예브나를 자기 쪽으로 끌어당겨 그녀의 얼굴과 볼과 손에 키스를 퍼붓기 시작했다.

"왜 이러세요, 왜 이러시는 거죠?"

그녀는 사나이를 떠밀면서 겁에 질려 말했다.

"이러시면 두 사람 다 미치게 되는 거예요. 오늘이라도 이곳을 떠나 주세요…… 지금 곧 떠나 주세요…… 제발 부탁이에요, 제발…… 아아, 누가 와요!"

계단 밑에서 누군가가 올라왔다.

"제발 돌아가세요……"

안나 세르게예브나는 나직이 말했다.

"아시겠죠. 드미트리 드미트리예비치. 제가 당신을 만나러 모스크바로 가겠어요. 저는 하루도 행복한 적이 없었고, 지금도 그래요. 앞으로도 행복해질 수는 없을 거예요. 절대로! 아시겠죠! 저에게 소중하고 소중한 당신, 지금은 그냥 헤어지기로 해요!"

그녀는 그의 손을 한 번 쥐었다 놓고는, 그를 뒤돌아보면서 재빨리 계단을 내려갔다. 그녀의 눈을 쳐다보자 그녀가 실제로 행복하지 않다는 것을 알 수 있었다. 쿠로프는 잠시 그 자리에 서서 주변의 소음에 귀를 기울이고 있었다. 이윽고 모든 것이 고요를 되찾자 외투를 찾아들고 극장을 빠져나왔다.

4

안나 세르게예브나는 두 달이나 석 달에 한 번 쿠로프를 만나려고 모스크바로 오게 되었다. 남편에게는 산부인과 선생에게 진찰을 받으러 간다는 핑계를 댔다. 남편은 반신반의의 표정을 지었다. 모스크바에 도착하면, 그녀는 슬라반스키 바자르(모스크바의 일류 호텔의 하나)에 방을 잡고 곧 쿠로프에게로 빨간 모자를 쓴 심부름꾼을 보냈다. 그러면 쿠로프는 그녀를 만나러 갔다. 모스크바 시내에서 누구 한 사람 그 일을 눈치챈 사람은 없었다.

어느 겨울 아침, 그는 또 그녀에게로 가고 있었다(심부름꾼은 전날 밤에 왔으나 그는 집에 없었다) 그는 딸과 함께 있었는데 가는 도중에 있는 학교까지 배웅해 주기 위해서였다. 커다란 눈송이가 펑펑 쏟아지고 있었다.

"오늘 아침 기온은 영상 3도인데도 눈이 내리는구나."

쿠로프가 딸에게 말했다.

"왜 그런가 하면 말이다. 이렇게 따뜻한 것은 땅의 표면뿐이고, 공기의 기온은 훨씬 낮기 때문이지."

"그럼 아빠, 왜 겨울에는 천둥이 치지 않을까요?"

쿠로프는 겨울에 천둥이 치지 않는 이유도 설명해 주었다. 그는 딸과 이야기를 하면서도 '지금 나는 밀회를 하려고 가는 길이고, 누구 한 사람 그 사실을 아는 사람이 없다. 아마 영원히 모를 것이다' 이런 생각을 하고 있었다.

그에게는 두 가지 생활이 있었다. 하나는 보고 싶다거나 알고 싶어하는 사람에게 보여주고 알려 주기 위한 공공연한 생활! 조건부의 진실과 조건부의 허위로 가득 찬, 다시 말해서 그의 친지나 친구의 생활과 비슷한 것이었다. 또 하나는 은밀히 영위되는 생활이었다. 야릇한 운명, 즉 우연한 운명에 의해 그에게는 소중하고도 흥미가 있는 것, 말하자면 그의 생활의 핵심을 이루고 있는 것으로 모조리 남의 눈을 피하여 행해지는 한편, 그가 겉을 꾸미기 위한 방편과 진실을 숨기기 위해 쓰는 가면 — 이를테면 은행 근무, 클럽에서의 논쟁, 예의

저급한 인종이라는 경구라든가, 부부 동반의 파티 참석 같은 것은 모조리 공공연한 것이었다. 그래서 그는 다른 사람을 평가하는 데 있어 자신의 이러한 양면적인 삶을 기준으로 평가하게 되었다. 또 사람들의 겉으로 드러나는 생활은 믿지 않고, 흥미있고 진정한 생활은 따로 영위하고 있다고 믿게 되었다. 각자의 사사로운 생활이라는 것은 비밀 덕분에 보장되는 것이어서 교양인이 그렇게도 신경질적으로 개인의 비밀을 존중하라고 떠들어대는 것도 아마 그 까닭의 일부는 거기에 있는 듯했다.

딸을 학교까지 바래다 준 뒤 쿠로프는 슬라반스키 바자르로 달려갔다. 그는 아래층에서 외투를 벗어들고 이층으로 올라가 방문을 조용히 노크했다. 안나 세르게예브나는 그가 좋아하는 회색 옷을 입고 긴 여행과 지루함에 지친 얼굴로 그를 기다리고 있었다. 그녀는 창백한 얼굴로 그를 조용히 쳐다보았다. 웃지는 않았으나, 그가 문턱을 넘어서자마자 재빨리 그의 가슴에 바싹 달라붙었다. 마치 오랫동안 만나지 못한 사람들처럼 그들의 키스는 오래오래 계속되었다.

"어떻소, 생활은? 무슨 별다른 일이라도 있소?"

그가 물었다.

"잠깐 기다려 주세요. 지금 곧 말씀드릴 테니……. 아, 잠깐만요."

그녀는 눈물이 솟구쳐 말을 할 수 없었던 것이다. 그녀는 그를 외면하고 손수건을 눈에 댔다.

'우는 것도 괜찮아. 나는 그 사이에 잠시 숨을 돌리지.'

그는 이렇게 생각하고 안락의자에 앉았다.

이윽고 그는 벨을 눌러 차를 주문했다. 그가 차를 마시고 있는 동안, 그녀는 창문 쪽으로 얼굴을 돌린 채 서 있었다. 그녀가 운 건 흥분 때문이었다. 두 사람의 생활이 이다지도 슬픈 결과가 되어 버렸는가 하는 비참한 생각에서였다. 두 사람은 몰래 만나야 하고, 마치 도둑처럼 남의 눈을 피해야만 하지 않은가? 두 사람의 생활이 정당하다고 누가 말할 수 있을 것인가?

"자, 이제 그만해요!"

그는 말했다.

두 사람의 사랑이 쉽게 끝날 수는 없다는 것을 그는 잘 알고 있었다. 안나 세르게예브나는 점점 강하게 그를 사랑하게 되었으므로 그녀에게 언젠가는 이별을 해야 한다고는 도저히 말할 수 없었다. 그녀는 그것을 받아들이지 못할 것이다.

쿠로프는 그녀 곁으로 다가가서 그녀의 어깨 위에 손을 얹었다. 그리고 그녀를 달래기 위해 위로의 말을 하려고 생각했으나 그때 문득 그는 거울에 비친 자기 모습을 보게 되었다. 그의 머리는 희끗희끗했다. 그리고 자신으로서도 이상하리만큼 그는 최근 이삼 년 동안에 갑자기 늙고 몸집이 불어나 있었다. 지금 그가 두 손을 얹고 있는 그녀의 따뜻한 어깨는 바들바들 떨고 있었다. 그는 이 생명에 대해 문득 동정을 느꼈다. 그녀는 아직도 이처럼 따뜻하고 아름답다. 그러나 곧 그와 마찬가지로 퇴색하고 시들기 시작할 것이다. 아마 그다지 멀지는 않을 것이다.

어디가 좋아서 그녀는 이처럼 그를 사랑하는 것일까? 그는 언제나 여인의 눈에 실제와는 다른 모습으로 비치고 있었다. 그 동안 그를 거쳐간 어떤 여인도 실제의 그를 사랑한 것이 아니라 자기들이 상상으로 만들어 낸 사나이, 각자 열렬히 바라고 있었던 이상형을 사랑하고 있었던 것이다. 그리고 마침내 자기가 잘못 생각했음을 깨달은 뒤에도, 역시 전과 마찬가지로 그를 사랑해 주었다. 그리고 어떤 여인도, 그와의 만남에서 행복했던 여인은 한 사람도 없었다. 시간의 흐름에 따라 가까워지고 인연을 맺고 또한 헤어졌을 뿐이다. 맹세코 사랑을 한 적은 단 한 번도 없었다. 그것은 무엇이라고 이름 붙이기 애매하지만 절대 사랑은 아니었다.

그런데 지금, 머리가 희어지기 시작한 지금에 와서 그는 참다운 사랑을 하게 된 것이다. 난생 처음의 사랑을.

안나 세르게예브나와 그는 아주 가까운 사람처럼, 부부처럼, 정이 두터운 친구처럼 서로 마음을 다해 열렬히 사랑하고 있었다. 그들에게는 운명이 서로를 위해 예정하고 있었던 것처럼 생각되었다. 왜 그에게는 아내가 있고, 그녀에게는 남편이 있는지 도무지 이해가 되지 않았다. 그것은 마치 한 쌍의 철새가 각각 다른 새장으로 갈라져 있는 것과 같았다. 두 사람은 서로 과거의 부끄러운 일을 용서했고, 현재의 일도 모두 용서하였다. 사랑이 그들을 새로 태어나게 한 것처럼 느껴졌다.

예전의 그는 우울할 때면 머리에 떠오르는 이성으로써 자신을 위로하고 있었지만, 지금의 그는 이성이 아니라 깊은 연민과 동정을 느끼고 있었고, 진실되고 다정해지기를 바랐다.

"오! 내 사랑, 이제 그만 그쳐요. 그만큼 울었으면 이제 충분해……. 우리 얘기하면서 무슨 좋은 수를 생각해 봅시다."

두 사람은 진지하게 이야기를 나누었다. 어떻게 하면 이 현실에서 벗어날 수 있을까? 남의 눈을 피해야 하고, 거짓말을 하거나 따로 떨어져 살아야 한다. 어쩌다 한 번 가슴을 졸이며 만나야 하는 현실을 어떻게 하면 벗어날 수 있을 것인지…….

"어떻게 하면? 어떻게 하면?"

그는 머리를 싸안고 중얼거렸다.

"어떻게 하면?"

그러자 곧 해결책을 찾을 것이고, 그렇게 되면 그야말로 새

롭고 멋진 생활을 시작할 수 있을 거라고 생각되었다. 그리고 두 사람은 모두 여행의 끝은 아직도 매우 멀다는 것과 복잡하고 어려운 길이 이제 겨우 시작되었다고 확신하고 있었다.

이반 세르게이비치 투르게네프

(Ivan Sergeevich Turgenev, 1818~1883)

　러시아 문학이 낳은 수많은 천재 가운데에서도 우아한 예술적 향기와 미에 대한 섬세한 감각을 지닌 투르게네프는 광활한 초원과 울창한 숲을 사랑한 시인이기도 했다. 그는 자신의 작품을 통해 19세기 사회제도의 모순과 불합리성 그리고 비참한 농노와 농민들의 삶을 비판하였다.

　이반 투르게네프는 러시아의 오룔에서 투르게네프 가의 둘째 아들로 태어났다. 아버지는 기병 장교로서 방탕과 도박으로 신세를 망치고는 재산이 탐나서 1,000명의 농노를 거느린, 6세나 연상인 부유한 여지주(女地主)와 결혼하였다. 어머니는 추한 용모에다 포악한 전제군주적 성격의 소유자였기 때문에 아버지와의 분쟁이 그치지 않았다. 투르게네프는 어머니 영지의 농노들에 대한 동정에서 농노제를 증오하게 되었다. 이런 복잡한 가정 사정이 한 소년의 비정상적인 첫사랑을 묘사한 중편 〈첫사랑〉(1860)에 그 흔적이 엿보인다. 어릴 때부터 외국인 가정교사에게서 영어 · 프랑스 어 · 독일어 · 라틴 어를 배웠다.

　1833년 모스크바 대학 문학부에 입학하고, 다음해 페테르부르크 대학 철학부 언어학과로 옮겨 1836년 대학을 졸업했다. 셰익스피어와 바이런의 작품 번역을 시도했으며, 베를린에서 스탄케비치, 그라노프스키, 바쿠닌 등 진보적인 러시아 지식인들과 친교를 맺게 됨으로써 그들의 사상에 영향을 받았다.

1841년 귀국하여 내무부에 근무하면서 발표한 서사시 〈파라샤〉(1843)는 비평가 벨린스키의 격찬을 받게 되고, 1843년 겨울 페테르부르크에 온 프랑스 여가수 P. 비아르도와 알게 된다. 그 후 죽을 때까지 그녀와의 친교가 계속되며, 그의 생애의 절반을 외국에서 지내게 된다.

1847년 「동시대인(同時代人)」지(誌) 제1호에 농노의 비참한 생활을 그린 연작 〈사냥꾼의 수기〉가 발표되었다. 그 후 어머니의 죽음과 동시에 자신 소유의 농노를 해방시켰다.

고골리의 죽음을 애도하는 글을 구실로 체포된 후 고향에서 연금 생활을 했다. 이 무렵 농노제에 대한 증오에 찬 단편 〈무무(Mumu)〉, 1852년 8월에는 〈사냥꾼의 수기〉가 출판되었다. 러시아 중부의 아름다운 자연을 배경으로, 농노제도(農奴制度)하에서 농민들이 겪고 있는 생활상과 그들의 인간성을 서정미 넘치게 묘사한 이 총 25편의 작품은 일관된 줄거리는 없지만, 농노들을 하나의 인간으로서 바라보고 그들의 모습을 있는 그대로 그려내고 있다.

투르게네프의 작품은 농노제도의 폐단을 일부러 강조하지 않으면서도 인간으로서의 존엄성을 부각시켜 강한 감동을 주고 있으며, 긍정적이며 이상적인 여성상을 창조해 내고 있다.

그 밖의 주요 작품으로는 장편 〈루진〉(1856), 〈귀족의 보금자리〉(1859), 〈전날 밤〉(1860), 〈아버지와 아들〉(1862), 〈연기〉(1867), 〈처녀지〉(1877), 〈산문시(散文詩)〉(1882) 등이 있는데, 〈귀족의 보금자리〉는 〈첫사랑〉과 더불어 투르게네프의 작품 중에서 가장 예술성이 뛰어난 작품으로 호평을 받고 있다.

밀회

10월 중순의 어느 날 나는 자작나무 숲 속에 앉아 있었다. 아침부터 비가 내리는가 싶더니 어느 새 햇빛이 비치기도 하는 등 매우 고르지 못한 날씨였다. 구름이 온통 하늘을 뒤덮는가 하면 갑자기 군데군데 구멍이 뚫리며 그 사이로 파란 하늘이 미소를 보내기도 하였다.

나는 나무 그늘에 앉아 나뭇잎 흔들리는 소리에 귀를 기울이고 있었다. 그 소리는 속삭이는 봄의 웃음소리도 아니고, 부드러운 여름의 속삭임도 아니었다. 늦가을의 싸늘한 외침도 아니고, 들릴 듯 말 듯 마치 꿈속에서 중얼거리는 소리 같았다.

산들바람은 나뭇가지를 스치고 지나갔고 비에 젖은 숲 속으로 태양 광선이 비집고 들어왔다. 숲 속의 나무들은 찬란하게 빛나면서 드문드문 서 있는 가느다란 자작나무가 흰 명주처럼 빛나는가 하면, 여기저기 흩어져 있는 나뭇잎들은 햇빛을 받아 황금빛으로 빛났다.

키 크고 구불구불한 양치풀 줄기는 잘 익은 포도알처럼 가을 햇빛으로 물들어 투명하게 드러나 보였다. 그러다가 갑자기 태양의 광선은 사라지고 하얀 자작나무는 빛을 잃고 싸늘한 눈처럼 하얀 모습으로 서 있었다. 곧이어 보슬비가 소리없이 내렸다. 여기저기 서 있는 자작나무들의 잎은 햇빛을 받아 빨갛게 물들기도 하고 노랗게 물들기도 했지만 이제 비에 씻겨 내려가 푸른 빛을 띠었다. 사람을 비웃는 듯한 박새 소리가 때때로 울려퍼지기는 했지만 사방은 고요하였다. 나는 개를 끌고 사시나무 숲을 지나서 이 자작나무 숲까지 왔다.

나는 사시나무를 그다지 좋아하지 않는다. 녹회색 나뭇잎이 연보랏빛 가지 높이 매달려 펄럭이는 모습도 싫을 뿐더러, 그 길다란 줄기에 지저분한 나뭇잎들이 멋없이 매달려 있는 모습도 싫었다.

하지만 낮은 관목 숲 속에 우뚝 솟아서 빨간 석양빛을 듬뿍 받으며 뿌리에서 나무순까지 적황색으로 물들면서 반짝반짝 빛나는 어름날의 저녁이라든가, 맑은 날 바람에 나부끼며 하늘을 향해 무언가 재잘대는 것을 듣는 것은 좋아한다. 잎들은 나무에서 벗어나 멀리 날아가고 싶어하는 것 같았다.

그럴 때를 빼면 나는 이 나무를 좋아하지 않는다. 그러므로 나는 사시나무 숲에서는 걸음을 멈출 생각도 하지 않고 자작나무 숲으로 와서는 야트막하게 가지를 벌리고 서 있는 나무 밑에 자리를 잡고는 주위의 경치를 감상했다. 나는 수려한 경관 속에서 나도 모르는 사이 잠이 들었다.

내가 얼마 동안이나 잤는지 모르겠지만 깨어났을 때 숲 속에는 햇빛이 넘쳐흘렀다. 나뭇잎들은 즐겁게 속삭이며 구름은 어느 새 자취를 감추고 그 사이로 파란 하늘이 눈부시게 빛나고 있었다. 대기는 상쾌하여 마음을 설레게 하였다.

나는 행운을 기대하며 사냥을 하기 위해 자리에서 일어났다. 그때 숲 한쪽에 앉아 있는 사람의 모습이 눈에 들어왔다. 시골 아가씨인 듯한 여자는 내게서 스무 발자국 정도 떨어진 거리에서 생각에 잠긴 듯 고개를 숙이고 두 손을 무릎 위에 얹고 앉아 있었다.

그녀의 한쪽 팔에는 두툼한 꽃다발이 안겨 있었는데 그것은 그녀가 숨을 쉴 때마다 조금씩 미끄러져 내려 곧 체크 무늬 치마 위로 조금씩 흘러내렸다. 목과 손목에 단추를 끼운 새하얀 루바슈카는 부드러운 잔주름을 이루며 그녀의 몸을 감싸고 목과 가슴에는 금빛 목걸이가 두 줄 늘어져 있었다.

그녀는 매우 아름다웠다. 숱이 많은 은빛 머리를 단정히 빗어서 하얀 이마 위로 깊숙이 동여맨 빨간 머리띠 밑에 두 개의 반원으로 갈라져 있었고, 그녀의 살갗은 황금빛으로 그을려 있었다. 그녀는 고개를 숙이고 있었기 때문에 얼굴을 똑바로 볼 수가 없었다. 그러나 가늘고 아름다운 눈썹과 긴 속눈썹만은 제대로 볼 수 있었다.

그녀의 속눈썹은 젖어 있었고, 한쪽 볼에서는 한 줄기 눈물이 입술까지 흘러내려 햇빛에 반짝이고 있었다. 그녀는 너무나 아름다웠다. 약간 크고 둥근 턱까지도 아름다워 보였다. 그리고 무엇보다도 나의 마음을 끈 것은 그녀의 표정이었다. 구김살없고 천진난만한 얼굴 가득 슬픔이 넘쳐흐르고 있었는데, 누군가를 기다리고 있는 게 분명했다. 숲 속에서 약간만 바스락대는 소리가 나도 그녀는 고개를 들어 겁에 질린 사슴처럼 수정같이 맑은 눈을 반짝이며 주위를 둘러보는 것이었다. 그녀는 커다란 두 눈으로 소리가 난 쪽을 살피다가 한숨을 지으며 고개를 돌리곤 하였다. 그녀는 아까보다도 더 깊숙이 고개를 숙이고 꽃잎을 만지작거리고 있었다. 눈은 빨갛게 물들고 입술은 바르르 떨고 있었다.

그렇게 꽤 많은 시간이 흘렀다. 그녀는 여전히 꼼짝도 하지 않고 앉아서 가끔 괴로운 듯이 손을 움직일 뿐 여전히 귀를 쫑긋 세우고 있었다. 또다시 숲 속에서 바스락거리는 소리가 났다. 처녀는 안절부절못하는 것 같았다. 바스락거리는 소리는 계속되다가 발걸음 소리로 변하였다. 그녀는 긴장하여 몸을 꼿꼿이 세우고 불안한 빛을 감추지 못하였다.

그녀는 조심스러운 눈길로 주위를 살펴보았다. 이윽고 한 사나이의 모습이 나타나기 시작하였다. 그를 바라보는 그녀의 얼굴은 발갛게 달아오르며 입가에는 행복한 미소가 번졌다. 그녀는 몸을 일으키려다 그만 털썩 주저앉았다. 당황한 그녀는 사나이가 그녀 곁에 다가와 멈추었을 때에야 비로소 근심스런 표정으로 고개를 들었다.

나는 강한 호기심을 느꼈고, 나무 밑에 그대로 앉아 사나이를 지켜보았다. 아무리 보아도 그는 부유한 지주댁의 젊은 바람둥이 머슴 정도로밖에 안 보였다. 옷은 몹시 화려하고 한껏 멋을 부렸으나 그 옷은 주인에게서 물려받은 듯했다. 짧은 외투의 단추는 단정히 채워져 있으며, 장밋빛 넥타이의 끝은 보랏빛으로 물들어 있었다. 금테로 장식된 검정 벨벳 모자를 눈썹 밑까지 내려쓰고 있었다. 하얀 루바슈카의 깃은 두 귀를 받쳐 주는 듯했고, 빳빳하게 풀 먹인 커프스는 손가락이 반은 가려질 정도로 손등을 온통 뒤덮고 있었다. 그 손가락에는 터키 구슬로 물망초 장식을 한 금과 은가락지를 몇 개씩 끼고 있었다.

뻔뻔스러워 보이는 그의 얼굴은 남자들에게는 반감을 사기 알맞았지만 여자들에게는 호감을 주는 얼굴이었다. 그는 의젓해 보이기 위해 몹시 애쓰고 있었다. 작은 잿빛 눈은 더 가늘게 떴고 상을 찌푸리기도 하고, 입술을 실룩거리거나 하품을 하기도 하였다. 그는 무언가 탐탁지 않다는 표정으로 구레나룻을 만지기도 하고 두툼한 윗입술 위로 늘어진 노란 콧수염을 잡아당기기도 하며, 눈 뜨고는 차마 보아주기 힘들 정도로 거드름을 피우고 있었다.

사나이는 건들거리며 그녀 곁으로 다가와서는 어깨를 한번 으쓱거린 다음 두 손을 외투 주머니에 찌르고는 무심히 처녀의 얼굴을 바라보며 바닥에 앉았다.

"잘 있었어?"

그는 껄렁하게 한쪽 다리를 흔들고 하품을 하면서 다시 말을 이었다.

"오래 기다렸어?"

여자는 한참만에야 입을 열었다.

"네, 오래 기다렸어요, 빅토르 알렉산드로비치."

그녀는 나지막하게 대답했다.

"그래?"

그는 모자를 벗고 곱슬곱슬한 앞머리칼을 쓰다듬더니 거만한 표정으로 주위를 둘러보고 난 후 다시 모자를 썼다.

"깜빡했었어. 게다가 비까지 그렇게 쏟아져서 말야!"

그는 다시 하품을 하였다.

"일이 너무 밀려서 짬이 없었어. 자칫하다간 잔소리를 듣게 되니까 말야. 그런데 우리 내일 떠나게 됐어."

"내일요?"

처녀는 놀란 눈초리로 사나이를 바라보았다.

"응, 내일……. 제발 이러지 마."

그녀는 몸을 떨며 말없이 고개를 숙였다. 그는 불쾌한 듯이 다급한 어조로 말했다.

"아클리나, 제발 부탁인데 울지는 말아 줘. 우는 걸 내가 제일 싫어하잖아."

사나이는 뭉툭한 콧등에 주름이 지도록 인상을 쓰며 말했다.

"그래도 울 테야? 그럼 난 돌아가겠어! 툭하면 바보같이 울다니!"

"알았어요, 안 울게요."

아클리나는 울음을 삼키며 재빨리 말했다.

"정말로 내일 떠나시는 거예요?"

이렇게 말하고 그녀는 잠시 후에 다시 말을 이었다.

"그럼 우린 언제 다시 만나게 되는 거죠, 빅토르 알렉산드로비치?"

"내년 아니면 그 후년이라도 우린 꼭 만나게 될 거야. 주인은 뻬쩨르부르크에서 일하길 원하거든."

그는 무뚝뚝하게 말을 계속하였다.

"어쩌면 외국으로 갈지도 몰라."

"빅토르 알렉산드로비치, 당신은 곧 저를 잊어버리실 테죠?"

슬픈 표정으로 그녀는 말했다.

"잊어버리다니, 무슨 말이야? 난 절대로 잊지 않아. 그런데 너도 좀더 철이 들어야겠어. 아버지 말씀도 잘 듣고……. 어쨌든 난 너를 잊지 않아."

이렇게 말한 그는 허리를 펴고 하품을 하였다.

"제발 저를 잊지 마세요, 빅토르 알렉산드로비치."

그녀는 애원하듯이 말을 이었다.

"저도 어떻게 당신을 이렇게까지 사랑하게 되었는지 모르겠어요. 세상 모든 것들이 당신을 위해서만 존재하는 것 같아요. 빅토르 알렉산드로비치, 당신은 아버지 말씀을 들으라고 하시지만 제가 어떻게 아버지 말씀을 들을 수가 있겠어요?"

"아니, 왜?"

그는 팔베개를 하고 누우면서 거만하게 말하였다.

"그건 당신도 잘 아시잖아요?"

그렇게 말하고 그녀는 입을 다물었다. 사나이는 쇠로 만든 시계줄을 꺼내서 손장난을 하였다.

"아클리나, 너도 그렇게 바보는 아니지 않아?"

사나이가 입을 열었다.

"바보 같은 소리는 하지도 마. 다 널 위해서 하는 말이야.

너도 촌뜨기는 아니잖아? 너의 어머니만 하더라도 농사꾼만
은 아니었으니까. 어쨌든 넌 교육을 받지 못했으니까 남들이
가르쳐 주는 걸 잘 들어야 해."

"하지만 두려운걸요, 빅토르 알렉산드로비치."

"쓸데없는 소리 하지 마. 도대체 무엇이 두렵다는 거야. 근
데 그건 뭐지?"

그는 여자의 곁으로 다가가며 말하였다.

"꽃인가?"

"네, 꽃이에요."

그녀는 기운빠진 목소리로 대답하였다.

"그리고 들에서 모과잎을 따왔어요."

그녀는 약간은 생기있게 말을 이었다.

"모과잎은 송아지에게 먹이면 좋대요. 그리고 이건 금잔화
인데 습진에 아주 좋대요. 자, 보세요. 제가 예쁜 꽃을 아주
많이 꺾어 왔어요. 이건 물망초, 이건 향기나는 오랑캐꽃, 그
리고 이건 당신 드리려고 꺾은 거예요. 드릴까요?"

그녀는 파란 모과잎 밑에서 노란 들국화 다발을 꺼내면서
물었다.

사나이는 이것저것 냄새를 맡아보고 거만한 표정으로 생각
에 잠긴 듯 하늘을 바라보며 꽃다발을 손가락으로 빙글빙글
돌리기 시작하였다. 그런 사나이를 바라보는 여자의 슬픈 눈

망울 속에는 두려움이 깃들어 있으면서도 몸과 마음을 다해 신처럼 숭배하고 복종하겠다는 사랑이 담겨 있었다. 사나이는 군주처럼 거드름을 피우며 드러누워 그녀의 눈길 같은 건 외면한 채 깊은 생각에 잠긴 듯한 표정이었다.

나는 화가 치밀었다. 그의 불그죽죽한 얼굴을 유심히 바라보았다. 일부러 사람을 멸시하는 듯한 무표정한 얼굴에는 자만심이 넘쳐흐르고 있었다. 여자는 정열에 불타서 자기의 애절한 사랑을 호소하고 있었다. 하지만 사나이는 꽃다발을 풀 위에 밀어놓고 외투 옆 주머니에서 청동테를 두른 둥근 유리알을 꺼내서 한쪽 눈에 끼기 시작했다. 눈썹을 찌푸리고 볼과 코까지 움직이며 끼우려고 애썼지만 안경은 끼워지지 않고 손바닥으로 다시 떨어져내렸다.

"그건 뭐예요?"

아클리나는 신기한 표정을 하고 물었다.

"로레스(알만 있는 외짝 안경)야."

"무엇에 쓰는 거죠?"

"이것을 쓰면 똑똑히 볼 수 있어."

"좀 보여 주세요."

빅토르는 인상을 쓰면서도 아클리나에게 안경을 내주었다.

"깨면 안 되니까 조심해."

"깨지 않을 테니 걱정 마세요."

아클리나는 조심스럽게 안경을 눈으로 가져갔다.

"아무것도 안 보이는데요?"

그녀는 천진스럽게 말했다.

"눈을 가늘게 떠야지."

그는 학생을 가르치는 선생님 같은 어조로 말하였다. 아클리나는 안경을 대고 있는 눈을 가늘게 떴다.

"아니, 그쪽이 아니라니까. 바보같이…… 이쪽이란 말야."

빅토르는 이렇게 외치면서 아클리나가 안경을 고쳐 쥐기도 전에 빼앗아 버렸다. 아클리나는 얼굴을 붉히며 수줍은 미소를 띤 채 고개를 돌리고 말았다.

"아무래도 나 같은 사람이 가질 만한 건 아닌가 봐요."

아클리나가 말하였다.

"물론이지!"

가엾은 아클리나는 입을 다물고 깊은 한숨을 쉬었다.

"빅토르 알렉산드로비치, 당신이 떠나고 나면 전 어떡하죠?"

빅토르는 옷자락으로 안경알을 조심스럽게 닦더니 도로 외투 주머니에 집어넣었다.

"알지, 알아."

사나이는 한참 후에 대답했다.

"한동안은 괴롭겠지. 좀 괴로울 거야."

빅토르는 가엾다는 듯 그녀의 어깨를 두드려 주었다. 그녀는 그의 손을 잡고 살며시 입을 맞추었다.

"그래, 넌 정말 착한 여자야."

그는 만족해하며 말을 이었다.

"하지만 어쩔 수 없잖아. 너도 잘 알겠지만 이제 곧 겨울이 될 거야. 주인 나으리나 나나 여기 남아 있을 순 없잖아? 시골의 겨울은 정말 견디기 힘들거든. 하지만 페테르부르크라면 그렇지 않아! 그곳에는 너 같은 시골뜨기는 생각도 못할 그런 신기한 것들 뿐이야. 집들도 모두 근사하고 거리도 멋있고, 사람들은 모두 교양 있는 상류 계층의 사람들이야. 정말 황홀하지!"

아클리나는 마치 어린아이처럼 그의 이야기를 열심히 듣고 있었다. 빅토르는 몸을 뒤채며 말을 계속했다.

"너한테 이런 이야기를 한들 무슨 소용이 있겠어. 아무리 설명해도 내 말을 이해하지 못할 텐데."

"아녜요, 빅토르 알렉산드로비치. 저도 무슨 말인지 알아요. 이해할 수 있어요."

"그래? 그렇다면 다행이군."

아클리나는 눈을 내리깔고 말하였다.

"그전의 당신 같았으면 이렇게 말하진 않았을 거예요. 빅토르 알렉산드로비치."

"그전이라니? 무슨 소릴 하는 거야. 그전이라구?"

빅토르는 성난 어조로 말하였다.

잠시 침묵이 흘렀다.

"이제 그만 돌아가야겠어."

빅토르는 일어나기 위해 팔꿈치를 세웠다.

"잠깐만요, 조금만 더 있어 주세요."

아클리나는 애원하듯이 말했다.

"이제 작별 인사도 다 끝났잖아."

"잠시면 돼요."

아클리나는 되풀이하여 말했다.

빅토르는 다시 벌렁 드러누워 휘파람을 불기 시작했다. 그런 그에게서 아클리나는 눈을 떼지 않았다. 그녀의 입술은 바르르 떨렸고, 얼굴은 점점 붉어졌다.

"빅토르 알렉산드로비치."

드디어 그녀는 또박또박 말하였다.

"당신 정말 너무해요."

"뭐가 너무하다는 거야?"

사나이는 미간을 찌푸리며 약간 몸을 일으켜 세우고 그녀를 바라보았다.

"정말 너무하는군요, 빅토르 알렉산드로비치. 떠나는 마당에 단 한 마디라도 정다운 말을 안 해 주시다니요. 제가 가엾지도 않나요?"

"나더러 무슨 말을 하라는 거야?"

"그런 걸 꼭 얘기해 줘야 하나요? 당신이 더 잘 아실 텐데 요. 빅토르 알렉산드로비치, 제발 단 한 마디라도……. 난 왜 이런 일을 겪어야 하는 거죠?"

"정말 이해할 수 없군. 대체 날더러 무슨 말을 하라는 거 지?"

"단 한 마디라도 좋으니 제발……."

"똑같은 말만 되풀이하는군."

이렇게 말하고 그는 벌떡 일어났다.

"그렇다고 그렇게 화낼 건 없잖아요."

아클리나는 울먹이면서 말했다.

"화낸 게 아냐. 네가 자꾸 바보 같은 소리만 하니까 그렇잖 아! 대체 날더러 어떻게 하라는 거지? 그렇다고 내가 너하고 결혼할 순 없잖아, 안 그래? 그런데 대체 내게 뭘 원하는 거 지?"

그는 얼굴을 가까이 들이대고 답답하다는 듯이 그녀를 쳐 다보았다.

"전 아무것도, 아무것도 바라지 않아요."

그녀는 떨리는 두 손을 빅토르에게 내밀며 간신히 말했다.

"작별하는 마당에 한 마디라도……."

아클리나의 눈에서는 눈물이 줄줄 흘러내렸다.

"또 우는군."

그녀는 두 손으로 얼굴을 가리고 흐느끼며 말을 이었다.

"혼자 남아 있는 저를 생각해 보셨어요? 전 아마 마음에도 없는 사람한테 시집을 가게 될 거예요. 아아, 그것만큼 불행한 일이 또 어디 있담?"

"쓸데없는 소리만 하고 있군."

빅토르는 걸음을 옮기며 중얼거렸다.

"하지만 단 한 마디쯤 '아클리나, 난……' 하고 말해 줄 수 있지 않나요?"

그녀는 설움이 북받쳐서 말을 맺지 못하였다. 그녀는 바닥에 엎드려서 애절하게 흐느껴 울기 시작하였다. 그녀의 온몸은 마치 물결치는 것 같았다. 오랫동안 참아왔던 슬픔이 폭포처럼 터졌다. 남자는 잠시 동안 그런 그녀를 내려다보다가 어깨를 으쓱하더니 곧 돌아서서 걷기 시작했다.

약간의 시간이 흘렀다. 아클리나는 울음을 멈추고 고개를 들었다. 그녀는 벌떡 일어나 주위를 둘러보더니 놀란 듯이 그를 뒤따르려고 했지만 그만 다리에 힘이 빠져 넘어지고 말았다. 나는 안타까운 마음에 그녀 곁으로 다가갔다. 그녀를 부축해 주고 싶었다. 그러나 그녀는 갑자기 어디서 힘이 솟았는지 가냘픈 비명을 지르고 황급히 나무들 사이로 사라지고 말

앉다. 바닥에는 꽃잎들이 흩어져 있었다.

나는 잠시 그 자리에 멍하니 서 있었다. 나는 꽃다발을 주워 들고 숲을 지나 벌판으로 나왔다. 푸른 하늘에 박혀 있는 태양의 빛마저 싸늘한 느낌이 감도는 듯했다. 태양은 빛을 발하는 게 아니라 마치 푸른 바다에서 파리한 물빛으로 고루고루 넘치고 있을 뿐이었다.

해가 지려면 반 시간밖에 남지 않았는데도 저녁놀은 이제야 서쪽 하늘을 서서히 물들이고 있었다. 차가운 바람은 추수를 끝낸 누런 들판을 거쳐 정면으로 휘몰아쳤다. 내 곁에 있던 작은 낙엽 하나가 갑자기 공중으로 날아오르며 숲을 따라 날아가고 있었다. 들판에 병풍처럼 우거진 숲은 물결치듯 흔들리며 저녁놀을 받아 반짝이고 있었다. 사방은 풀과 나뭇잎 할것없이 온통 가을의 저녁놀을 받아 반짝이며 물결치고 있었다.

나는 서글픈 생각이 들어 걸음을 멈추었다. 대자연의 미소는 우울한 겨울의 공포로 인해 서글프게 시들어가고 있었다. 겁많은 까마귀 한 마리가 날개를 파닥이며 날아올랐다. 까마귀는 흘끗 나를 쳐다보더니 이내 날쌔게 날아올라 까악까악 울면서 숲 속으로 사라졌다. 탈곡장에서는 수많은 비둘기들이 날아와서는 떼를 지어 맴돌다가 들판으로 흩어져 갔다.

완연한 가을이었다. 빈 수레가 벌거숭이 언덕을 올라가는 소리가 요란스럽게 들려왔다.

집으로 돌아온 나는 그 가련한 아클리나의 모습을 내 머리에서 지울 수가 없었다. 그녀의 들국화 꽃다발은 이미 오래전에 시들었지만 나는 그 꽃다발을 버릴 수가 없어 아직까지 간직하고 있다.

토머스 하디
(Thomas Hardy, 1840~1928)

영국 문학사상 빅토리아 조 후기의 최고 작가로서, 디킨스와 쌍벽을 이루는 19세기 영국 문학사의 거목이다.

아버지의 직업을 이어받아 건축가의 길로 들어섰지만 독학으로 문학을 공부하여 작가의 꿈을 키운 하디는 1874년에 ≪광란의 무리를 떠나서≫로 영국 문단에 소설가로서의 확고한 지위를 갖게 되자 건축을 떠나 문필 생활에 전념하였다.

하디는 88세를 일기로 세상을 뜰 때까지 무려 60여 년을 작품 창작에 열중하면서 장편 소설 14편, 단편 소설집 4권, 9백 편이 넘는 시를 수록한 시집 8권과 장편 서사 시극 등 수많은 작품을 통해 문학뿐 아니라 철학과 사상에까지 이르는 광대한 업적을 이루어냈다. 이러한 업적에도 불구하고 당대에는 여러 비평가들로부터 비관주의적 운명론자, 염세주의자, 또는 무신론자 등의 불명예스러운 평가를 들으며 오해와 외로움 속에서 문학 활동을 했다.

그의 대표작으로는 ≪귀향≫, ≪캐스터브리지의 사랑≫, ≪테스≫, ≪비운의 주드≫와 함께 많은 장·단편들이 있다. 이들 작품은 거의 모두가 그가 태어났고 또 소설가로 대성한 후에도 계속 살았던 웨식스 지방을 무대로 하였다.

19세기 말 영국 사회의 인습, 편협한 종교인의 태도를 용감히 공격하고 남녀간의 사랑을 성적(性的)인 면에서 대담하게 고발하여 당시의 도덕가들로부터 호된 비난을 받았다. 그래서 ≪비운의 주드≫

를 끝으로 장편 소설 집필을 단념하였다.

그 후 나폴레옹 시대를 무대로한 대서사시극 ≪패왕≫을 발표하는 등 새로운 창작열에 불타오르게 되었다. 1910년에 메리크 훈장을 수상하는 등 전성기를 맞게 되었다.

아내

1

해가 막 저물어가는 어느 일요일, 헤이븐풀의 성 제임스 교회 안도 어두워지기 시작하였다. 교회는 이제 막 예배가 끝났으므로 강단 위에 선 목사는 두 팔에 얼굴을 파묻고 있었고, 신도들은 예배 후의 한결 가벼워진 마음으로 숨을 내쉬며 교회를 나가려고 막 자리에서 일어나고 있었다.

교회 안은 아주 고요하였으므로 방파제 밖의 바다의 물결 소리까지도 선명하게 귀에 들려올 정도였다. 그러나 이 고요함은 곧 어떤 발자국 소리에 의해 깨어지고 말았다. 그것은 이 교회 집사가 신자들이 나갈 수 있도록 서쪽 문을 열기 위해 걸어갔기 때문이었다.

그러나 이 집사가 미처 문에 닿기도 전에 밖에서 문이 열리더니 햇빛을 등진 한 사나이의 검은 그림자가 나타났다. 놀란 집사는 얼른 옆으로 비켜섰다. 선원의 복장을 한 그 사나이는 조용히 문을 닫더니 신도들의 자리를 지나 목사가 있는 강단을 오르는 계단 앞까지 와서는 멈춰 섰다.

목사는 신도들을 위한 기도를 몇 차례 올렸고, 자기 자신을 위한 기도도 이미 끝마쳤다. 그는 이 검은 그림자의 사나이를 똑바로 쳐다보았다.

"목사님, 용서하십시오."

그는 신도들에게도 들릴 만큼 분명하게 목사에게 말하였다.

"제가 탄 배가 난파를 당하였지만 저는 간신히 목숨을 건질 수 있었습니다. 그래서 하느님께 감사의 기도를 드리고 싶어서 이렇게 왔습니다. 목사님께서 허락만 하신다면요. 제가 하느님께 감사드리는 건 당연하다고 생각하니까요."

목사는 잠시 망설이다가 이렇게 말했다.

"물론 허락해드리고 말고요. 만약 예배를 드리기 전에 그런 청을 해 주셨다면 함께 감사 기도를 드릴 수 있었을 텐데요. 하지만 당신이 원하신다면 폭풍우를 겪은 후에 드리는 형식의 기도문을 특별히 읽어 드릴 수는 있습니다만……."

"네, 그리시다면 정말 감사하겠습니다. 저의 경우는 그다지 특별한 것은 아니니까요."

선원이 이렇게 말하자 집사가 기도서의 감사 기도문이 실려 있는 부분을 그에게 가리켜 주었다. 목사가 그 기도문을 읽기 시작했고, 사나이는 자리에 꿇어앉아 목사의 말을 받아서 한 마디 한 마디 또렷하게 외웠다.

이 광경을 멍하니 바라보고 있던 신도들도 사나이를 따라서 기계적으로 무릎을 꿇었다. 그리고 그저 계단 앞에서 기도를 올리는 사나이를 바라만 보고 있을 뿐이었다.

사나이는 모자를 옆에 놓고 두 손을 마주 잡고 동쪽을 향해 무릎을 꿇고 앉아 있었다. 다른 신도들의 눈길 따위는 전혀 신경쓰지 않는 것 같았다.

이윽고 감사 기도가 끝났다. 사람들은 모두 자리에서 일어나 교회 밖으로 나왔다. 그리고 마지막으로 그 사나이가 밖으로 나왔을 때 저물어가는 저녁 햇빛이 그의 얼굴을 환히 비추었다. 그 고장에서 오래 살았던 사람들은, 그가 바로 쉐이드 랙 졸리프라는 것을 알 수 있었다.

이 사나이가 이 고장에서 자취를 감춘 것은 약 6~7년 전이었다. 그는 헤이븐풀에서 태어났지만 어렸을 때 이미 부모님을 다 여의었기 때문에 일찍부터 선원이 되어 고향을 떠났던 것이다.

그는 마을 사람들과 이야기를 나누면서 한길로 걸어 나왔다.

그는 사람들에게 고향을 떠난 후 갖은 고생 끝에 연안 일대를 항해하는 작은 쌍돛배를 소유한 선장이 되었다는 이야기

와 그 배가 이번 폭풍우에서 아슬아슬하게 난파를 피할 수 있었다는 이야기를 하였다.

그러는 그에게 자기 앞에서 걸어가고 있는 두 여자가 눈에 띄었다. 이 두 명의 아가씨는 사나이가 처음 교회에 들어섰을 때부터 매우 흥미로운 눈초리로 이 사나이를 살폈다. 그리고 지금 교회를 나오면서 사나이에 대한 이야기를 서로 주고받던 참이었다.

한 아가씨는 아담한 키에 조금 마른 듯한 몸매로 얌전해 보였고, 다른 아가씨는 키가 크고 몸집도 큰 편이었다.

졸리프 선장은 그녀들의 뒷모습을 잠시 훑어보았다. 어깨 위로 늘어진 곱슬머리에서 발끝까지.

"저 두 아가씨는 누구죠?"

그는 옆에 있는 사람에게 이렇게 물었다.

"키가 작은 아가씨는 에밀리 해닝이고, 큰 아가씨는 조안나 피파드예요."

"아, 그래요, 기억이 나는군요."

그는 두 아가씨의 곁으로 바짝 다가가서 슬쩍 윙크를 해 보였다.

"안녕하세요, 에밀리. 날 모르시겠어요?"

사나이는 회색 눈을 깜박이며 이렇게 말하였다.

"어머, 졸리프 씨 아니세요!"

에밀리는 수줍은 듯이 말하였다.

다른 아가씨는 까만 눈동자로 사나이를 똑바로 쳐다보았다.

"미스 조안나는 잘 기억이 나질 않는군요."

그는 말을 이었다.

"전 아직도 어릴 때의 일들이나 친척들이 기억이 나요."

그들은 함께 나란히 걸어갔고, 졸리프는 죽을 고비에서 가까스로 목숨을 건지게 된 이야기를 자세하게 들려주었다. 그러는 동안에 그들은 어느 새 에밀리 해닝이 살고 있는 슈루프 레인까지 왔기 때문에 에밀리와 헤어져야 했다.

에밀리는 얼굴 가득 미소를 지어 보였다. 그리고 또 얼마 지나지 않아서 조안나와도 헤어져야 했다. 그는 달리 일이 없었기 때문에 다시 에밀리의 집이 있는 쪽으로 발길을 돌렸다.

에밀리는 아버지와 둘이서 살고 있었다. 그녀의 아버지는 스스로 공인회계사라고 자처하고 있었지만 수입은 적은 편이었다. 그래서 그녀는 가계를 돕기 위해 작은 문방구점을 하고 있었다.

졸리프가 에밀리의 집에 들어섰을 때 에밀리와 그녀의 아버지는 막 차를 마시고 있던 참이었다.

"아, 지금이 티타임인 줄 몰랐습니다."

그가 말하였다.

"괜찮네, 같이 한잔 하세나."

에밀리의 아버지가 권하였다.

그는 차를 마시고 나서도 오랫동안 뱃사람들이나 그들의 생활에 대해서 이야기하고 있었다. 어느 새 이웃 사람들도 그의 이야기를 듣기 위해 모여들었다.

그리고 이날 에밀리 해닝은 졸리프에게 마음을 빼앗기게 되었다. 그리고 한 주일이 지나고 또 한 주일이 지나는 사이에 이 두 사람은 아주 긴밀한 사이로 무르익어 갔다.

졸리프가 이 마을에 온 지 한 달쯤 지난 어느 달 밝은 밤, 졸리프는 마을에서 조금 떨어진, 동쪽으로 길게 뻗은 반듯한 오르막길을 따라 제법 현대식 — 비록 오래 된 바닷가 마을이지만 만약 현대식이라고 부를 만한 것이 있다면 말이다 — 술집들이 죽 늘어서 있는 높은 지대로 올라가고 있는데 저 멀리 앞서 가고 있는 여자의 모습이 보였다. 그는 그 여자가 에밀리가 틀림없다고 생각했다. 그러나 가까이 가서 보니 그녀는 에밀리가 아니라 조안나 피파드였다.

졸리프는 그녀에게 정중하게 인사를 하였고, 두 사람은 나란히 걸어가게 되었다.

"먼저 가세요. 혹시라도 에밀리가 알게 되면 기분나빠할 테니까요."

그녀가 말하였다.

그는 이 말이 그다지 달갑지 않다는 듯이 계속해서 그녀와 나란히 걸어갔다.

나중에 졸리프는 그날 밤에 조안나와 무슨 얘기를 했는지, 또 어떤 일이 있었는지 분명히 기억할 수 없었다. 그러나 조안나는 그날 밤 자기보다 나이도 어리고 얌전한 경쟁자를 밀어내기 위해 갖은 애를 썼었다.

그 후 졸리프는 조안나와 자주 만나게 되었고, 에밀리와의 만남은 점점 뜸해지게 되었다.

그리고 얼마 후에 항해에서 돌아온 고(故) 졸리프 씨의 아들 쉐이드랙이 조안나와 결혼하게 될 것이라는 소문이 온 마을에 파다하게 퍼졌으며, 에밀리는 마음에 큰 상처를 갖게 되었다.

이 소문이 퍼진 다음 어느 날 아침 조안나는 아침 산책을 가듯이 옷을 갈아입고 좁다란 네거리에 자리잡고 있는 에밀리의 집을 향해 밖으로 나왔다. 에밀리가 쉐이드랙을 잃고 깊은 슬픔에 잠겨 있다는 소식을 듣고, 친구의 애인을 가로챈 데 대한 양심의 가책을 받았기 때문이었다.

사실 조안나는 이 사나이에게 홀딱 반했다거나 깊이 사랑한다거나 하지는 않았다. 단지 자신의 친구에게 가던 마음이 기울어 자신에게로 왔던 그 친절이 마음에 들었을 뿐이었고, 결혼에 대한 막연한 기대감이 있을 뿐이었다.

조안나는 아주 야심이 많은 여자였다. 졸리프의 사회적인 신분이나 여러 가지 조건은 조안나보다 나을 것이 없었다. 그리고 조안나 정도의 매력 있는 여자라면 괜찮은 집안의 남자와 결혼할 수 있는 기회도 자주 있었기 때문에, 정녕 에밀리가 쉐이드랙을 잊을 수 없다면 그를 주저없이 그녀에게 양보하려고 생각하였다.

그녀는 자신의 이런 의사를 분명히 밝히기 위해 쉐이드랙에게 보내는 절연(絕緣)의 편지도 써 가지고 갔다. 그러니까 에밀리가 정말로 비관에 잠겨 괴로워하고 있다면 그녀에게 그 편지를 보여 줄 생각이었다.

조안나는 슈루프 레인으로 접어들어 행길보다 낮은 문방구점에 들어갔다. 이 시간쯤이면 항상 에밀리의 아버지는 집에 있지 않았다. 그리고 몇 번을 불렀지만 대답이 없는 것을 보니 에밀리 또한 없는 것 같았다. 가게는 한가한 편이었으므로 한 몇 분쯤 자리를 비워도 별로 지장은 없었다.

조안나는 가게에서 기다리기로 하였다. 가게에 있는 빈약한 상품들이 손님들의 눈에 조금이라도 풍성하게 보이도록 아주 솜씨좋게 진열되어 있었다.

그때 한 사람이 창 밖에서 6페니짜리 노트와 진열품들을 유심히 바라보고 있는 것이 눈에 띄었다. 그는 졸리프였다. 졸리프는 에밀리가 혼자 있지 않나 해서 기웃거리고 있었던 것이다.

조안나는 에밀리의 체취가 있는 이곳에서 그와 만나고 싶지는 않았으므로 뒷채와 통해 있는 문으로 살짝 빠져나갔다. 에밀리와는 허물없이 지내던 사이였기 때문에 예전부터 이 문으로 자주 드나들었다.

졸리프가 가게 안으로 들어왔다. 그는 에밀리의 모습이 보이지 않는 것을 확인하고 실망하는 표정을 짓고는 막 밖으로 나가려고 하였다. 바로 그때 용무를 마치고 급히 돌아오는 에밀리의 그림자가 문간에 나타났다. 그녀는 졸리프를 보자 잠시 멈칫거리더니 뒤돌아 나가려는지 몇 걸음 뒤로 물러섰다.

"에밀리, 달아나지 말아요. 내가 그렇게 무서워요?"

졸리프가 말하였다.

"누가 무섭다고 했나요, 졸리프 선장님? 너무 뜻밖이라 놀랐을 뿐이에요."

에밀리의 목소리는 떨리고 있었다.

"지나는 길에 잠깐 들렀어요."

졸리프가 말하였다.

"무엇을 사시려구요?"

그녀는 계산대 뒤로 가며 말했다.

"그런 게 아니오, 에밀리. 당신은 왜 자꾸 나를 피하려고 하지? 왜 자꾸 숨으려고만 하느냔 말이오? 아마도 당신은 나를 꽤 미워하나 봅니다."

"그럴 리가요. 제가 어떻게 당신을 미워하겠어요?"

"그럼 에밀리, 이리 가까이 좀 와요. 우리 오래간만에 이야기나 좀 나누지 않겠소?"

에밀리는 살짝 미소 지으며 계산대 뒤에서 빠져나와 그의 곁으로 다가왔다.

"고마워요, 사랑스런 에밀리."

사나이가 말했다.

"졸리프 선장님, 그 말씀은 저 아닌 다른 여자한테나 하실 말씀이라고 생각하는데요."

"그래요, 무슨 말인지 알겠어요. 하지만 에밀리, 나는 바로 오늘 아침까지만 해도 당신이 날 조금도 생각하지 않는다고 생각했어요. 당신이 조금이라도 날 생각한다는 것을 알았다면 내가 왜 조안나와의 결혼을 생각했겠소? 물론 처음부터 전혀 조안나에게 호감을 갖지 않은 것은 아니었소. 하지만 그녀는 나에게 친구 이상의 애정을 갖고 있지 않아요. 나는 처음부터 그것을 알고 있었어요. 아무튼 이제야 나는 진정으로 나의 아내가 되어 달라고 청혼할 사람을 발견했어요. 에밀리, 오랫동안 세상을 등지고 항해를 하다 돌아온 남자의 눈은 박쥐처럼 어둡기 마련이라오. 여자라면 누구나 다 아름답고 똑같아 보여서 누가 누군지 분간을 할 수가 없어요. 상대방이 정말로 자신을 사랑하는지, 또 내가 정말로 이 여자를 사랑하는지 생각해볼 여유도 없이 가까이 손에 닿는 사람과 결합하게 되지요. 나는 처음부터 당신이 좋았어요. 그러나 당신은 몹시 수줍어하고 나를 피하는 것 같았기에 나를 싫어하는 줄 알았던 겁니다. 그래서 난 그만 조안나에게 끌리게 되었던 거지요."

"그만! 졸리프 씨, 제발 그만하세요!"

에밀리는 목메인 목소리로 소리쳤다.

"당신은 다음 달이면 조안나와 결혼하실 분이에요. 이제 와서 그게 무슨 상관이에요?"

"오, 사랑하는 에밀리!"

그는 두 팔로 그녀의 작은 몸을 꼭 껴안으며 이렇게 말하였다.

커튼 뒤에 숨어 있던 조안나는 새파랗게 질렸고, 그 광경을 보지 않으려고 했으나 그것은 마음뿐이었다.

"내가 영원히 사랑할 수 있고, 결혼하고 싶은 여자는 오직 당신밖에 없어요. 조안나는 언제든 나와 기꺼이 헤어질 용의가 있다고 나한테 직접 말하기도 했어요. 그녀는 나보다 더 나은 남자와 결혼하고 싶어하지요. 나와 결혼하기로 했던 것은 한낱 동정에 지나지 않아요. 조안나처럼 늘씬하고 멋진 여자는 나같이 소박한 뱃사람 따위의 신부감이 아니에요. 당신이야말로 진정 내 배필이라고 생각해요."

사나이는 이렇게 말하고 그녀에게 키스를 퍼부었다. 그녀

의 몸은 뜨겁게 달아올라 그의 품안에서 바르르 떨고 있었다.

"조안나가 정말 당신과 헤어지려고 할까요? 정말 그럴 수 있을까요?"

"물론이오. 조안나는 우리가 불행하게 되기를 바라지 않을 거요. 그녀는 틀림없이 나를 떠나줄 거요."

"오, 제발 그렇게만 된다면! 졸리프 선장님, 이제 그만 돌아가시는 게 좋겠어요."

그러나 사나이는 계속 그곳에서 머뭇거리다가 손님이 들어와서야 겨우 그곳을 나왔다.

커튼 뒤에서 이 모든 광경을 지켜본 조안나는 걷잡을 수 없는 질투의 불길에 휩싸였다. 그리고 그녀는 이곳을 빠져나갈 길을 찾아보았다. 일이 이렇게 되고 보니 그녀는 에밀리 몰래 밖으로 빠져나갈 수밖에 없었던 것이다.

조안나는 복도로 나와 뒷문으로 해서 밖으로 나왔다.

조안나는 두 사람의 포옹과 키스 장면을 보고 나서는 지금까지 했던 모든 결심이 완전히 뒤바뀌고 말았다. 이제 그녀는 쉐이드랙을 놓아줄 수가 없었다.

그녀는 집으로 돌아오자마자 미리 써둔 절연의 편지를 태워 버렸다. 그리고 집안 사람들에게는 졸리프 선장이 찾아오면 몸이 아파서 만날 수 없다고 전하라고 하였다.

그러나 쉐이드랙은 찾아오지 않았고, 다만 솔직한 자신의 의사를 전해왔을 뿐이었다. 그것은 자신의 애정은 한갓 우정에 불과하다고 한 말을 상기시키며 약혼을 취소해 달라는 것이었다.

쉐이드랙은 자신의 숙소에서 항구와 그 너머의 섬들을 바라보면서 회답이 오기를 애타게 기다리고 있었다. 그는 불안하고 초조한 마음을 억제할 수 없어 날이 저물자 어두운 거리로 나왔다.

그는 직접 조안나를 찾아가기로 하였다. 찾아가서 직접 양해를 구하기로 하였다.

그러나 조안나의 어머니는 그녀가 몸이 불편해서 그를 만날 수 없다고 했다. 그가 까닭을 물었더니 쉐이드랙이 그녀에게 보낸 편지를 보고 너무나 낙심했기 때문이라고 말하였다.

"피파드 부인, 당신도 그 편지의 내용을 대충 알고 계시겠지요?"

그는 이렇게 물었다.

피파드 부인은 알고 있노라고 말했다. 하지만 그 편지 때문에 자신들의 입장이 몹시 난처하다고 덧붙였다.

이 말을 들은 쉐이드랙은 자신이 마치 엄청난 죄라도 저지른 죄인이 된 것처럼 느껴졌다.

그래서 쉐이드랙은 자신이 그 편지를 보내게 된 것은 조안나를 위해서 그랬노라고, 조안나의 앞날을 위해서 그랬을 뿐

진심은 아니었다고 해명하였다. 조안나가 많이 상심하였다면 미안하고 당초의 약속을 지킬 터이니 그 편지는 없었던 것으로 해달라고 하였다.

이튿날 조안나한테서 연락이 왔다. 저녁 모임에서 집으로 돌아가는 길을 바래다 달라는 것이었다. 그는 조안나의 말대로 하였다. 그녀는 쉐이드랙의 팔을 끼고 공회당에서 자기집 문앞까지 같이 걸으면서 말하였다.

"쉐이드랙, 우리 사이는 예전과 같은 거지요? 당신의 그 편지는 저한테 온 것이 아니지요, 그렇죠?"

"그래요, 당신이 원한다면 모든 것이 전과 같아요."

"물론 그래야지요."

그녀는 에밀리를 생각하면서 심술궂은 얼굴로 중얼거렸다.

쉐이드랙은 믿음이 깊고 양심적인 남자였기 때문에 그녀의 말을 생명처럼 소중히 여겼다.

마침내 그들은 결혼하였다. 쉐이드랙은 결혼하기 전에 에밀리에게 자신에 대한 조안나의 애정은 진심이었다고, 자신이 착각했노라고 조심스럽게 전하였다.

2

그들이 결혼한 지 한 달이 지나서 조안나의 어머니가 세상을 떠났다. 그리고 이들 신혼부부는 현실의 벽에 부딪쳤다.

조안나는 어머니까지 세상을 떠나고 보니 다시 바다에 나가서 일하겠다는 남편의 주장을 이제는 묵살할 수만은 없는 처지에 놓이게 되었다. 그를 집에 붙잡아 놓은들 별로 할 일이 없기 때문이었다.

그들은 여러 가지 궁리 끝에 어느 번화한 행길에 작은 식료품 가게를 차리기로 하였다. 마침 적당한 가게도 나온 참이었다. 쉐이드랙은 장사에 대해서는 전혀 아는 바가 없었다. 그것은 조안나도 마찬가지였다. 그들은 차차 장사를 배워나갈 심산이었다.

이들 두 부부는 이 가게를 꾸려나가는데 온힘을 기울였으나 시간이 지나도 가게는 조금도 나아지지 않았다.

그러는 동안에 이들 부부에게도 두 아들이 생겼다. 조안나는 지금까지 남편을 그다지 사랑한 적은 없었지만 두 아들만은 맹목적으로 사랑하였다. 그녀는 앞날에 대한 모든 기대와 희망을 두 아들에게 걸고 있었다.

가게는 여전히 조금도 더 번창하지 않았다. 때문에 그녀가 아이들의 교육이나 장래에 대해서 지니고 있는 커다란 꿈들도 이 초라한 현실 앞에서 무참히 깨어질 수밖에 없었다.

그녀의 두 아들이 받은 학교 교육은 보잘것없는 것이었으나 바닷가에서 자라난 아이답게 그 또래의 아이들이 가장 매력을 느끼는 항해술이나 어떤 모험적인 일에는 상당한 관심을 보이고 있었다.

졸리프 부부의 결혼 생활에 있어서 그들 자신의 생활 이외에 가장 관심거리는 에밀리의 결혼이었다.

에밀리는 읍내에서 가장 번창한 사업을 하는 상인의 눈에 들어 사랑을 받게 되었다. 이것은 마치 바로 눈앞에 있는 것은 남의 눈에 잘 뜨이지 않고 미처 생각지도 않은 구석에서 보석이 발견되는 것 같은 인연이라고 할 수 있었다.

그 상인은 에밀리보다 훨씬 나이많은 홀아비이긴 했지만 그래도 아직은 한창때라고 말할 수 있는 장년(壯年)의 사나이였다.

처음에 청혼을 받았을 때 에밀리는 어떤 남자와도 결혼하지 않겠노라고 딱 잘라서 말하였다. 그러나 레스터 씨는 끈기 있게 묵묵히 기다려 주었다. 그리고 마침내 그의 마음에 감동한 에밀리는 청혼을 받아들였다.

두 사람은 결혼을 하였고, 역시 두 아이가 태어났다. 아이들이 무럭무럭 잘 자라자 에밀리는 자신이 무척 행복하다고 생각되었다. 전에는 결코 자신이 이렇게 행복해지리라고는 생각도 못했었다.

이 고풍스러운 읍내에는 벽돌로 지은 크고 멋진 집이 몇 채 있었는데, 레스터 씨의 집도 그 중 하나였다. 게다가 그 집은 번화한 거리에 있는 졸리프네 식료품 가게의 맞은편에 위치해 있었다.

단순한 질투심으로 말미암아 아내의 자리를 빼앗아 버린 조안나로서는 이제 와서 상대방 여인이 크고 좋은 집에서 자기의 보잘것없는 가게를 — 초라한 가게며, 먼지 묻은 막대 사탕, 건포도나 각종 차가 들어 있는 깡통 등을 내려다보는 것을 자신의 눈으로 목격해야 한다는 것이 여간 괴로운 일이 아니었다.

가게 사정은 점점 더 나빠져서 이제는 조안나가 직접 가게를 보아야 할 처지가 되었다. 그녀는 2페니짜리 물건을 사러 온 손님이 부르거나 손짓만 하여도 급히 계산대를 왔다갔다 해야 하는 자신의 초라한 모습을, 에밀리 레스터가 길 건너 우아하고 넓은 응접실에 앉아서 보고 있다는 것은 정말로 굴욕적인 일이 아닐 수 없었다.

조안나는 아무리 하찮은 손님이 가게에 와도 반가이 맞아야 했으며, 또 그들을 길에서 만나도 공손히 인사를 해야만 했다.

그러나 이와는 반대로 에밀리는 아이들과 가정교사를 데리고 여유있게 거리를 산책하기도 하고, 마을의 점잖은 사람들과 한가로이 이야기를 주고받았다.

이것은 바로 조안나가 별로 사랑하지도 않는 사람의 애정을 다른 사람에게 빼앗기지 않으려고 그와 결혼한 결과였다.

그러나 쉐이드랙은 착하고 정직한 사람이었다. 그는 몸과 마음을 다해 남편으로서 충실하였다. 세월이 흐를수록 두 아들의 어머니인 아내에게 더욱더 정성을 기울였다. 과거에 에밀리에게 가졌던 사랑의 흔적은 젊은 시절의 한 충동에 불과하였다고 여겼다. 에밀리는 그에게 있어 이제 한 평범한 여자 친구에 불과하였던 것이다.

쉐이드랙 졸리프를 대하는 에밀리의 감정 또한 마찬가지였다. 만약 에밀리가 조금이라도 질투하는 감정을 나타냈었더라면 조안나는 아주 만족감을 느꼈을 것이다. 조안나는 자신이 만들어낸 일의 결과에 대해서 두 사람 모두 별 관심을 나타내지 않았기 때문에 불만스러웠다.

다른 많은 가게와의 경쟁에서 이 작은 가게가 살아남으려면 주인은 약간은 인색하고 약삭빨라야 한다. 그러나 쉐이드랙에게는 이러한 기질이 전혀 없었다.

만약 어떤 고집센 행상인이 억지로 떠맡기다시피한 달걀 대용품을 어떤 손님이 찾아와서 정말 맛이 좋으냐고 묻는다면 그는 이렇게 대답하곤 했다.

"푸딩 속에 직접 넣어 보기 진에야 어떻게 그 맛을 알 수 있겠습니까?"

또 손님이 모카 커피를 가리키며,

"이거 진짜예요?"

하고 물으면 그는 이렇게 대답하였다.

"저희들은 그렇게 알고 있지만 사실은 누가 알겠어요?"

어느 여름날의 일이었다. 숨이 막히는 것 같은 뜨거운 햇빛이 길 건너 맞은편 벽돌집에서 반사해 가게 안으로 들어왔다. 가게 안에는 졸리프 내외밖에는 없었다. 한 화려한 마차가 에밀리의 집 앞에 와서 멈춰서는 것이 조안나의 눈에 띄었다. 요즘 에밀리는 부쩍 자주 이 가게에 와서 물건을 사갔다. 마치 단골 손님처럼.

"쉐이드랙, 당신은 장사할 체질이 아닌가 봐요. 하긴 어려서부터 '장사'의 '장' 자도 모르고 자랐으니까 그렇겠죠. 당신 같은 사람이 갑자기 장사를 해서 돈을 벌기란 무척 힘든 일일 테죠?"

아내는 한숨을 쉬며 낮은 목소리로 이야기했다.

졸리프는 항상 그랬지만 아내의 이 말에도 변명할 여지가 없었다.

"세상에서 돈이 다는 아니잖소? 이 정도면 그래도 괜찮지 않소? 어떻게 해서든 이 가게를 꾸려나가면 그럭저럭 먹고 살지 않겠소?"

식료품이 들어 있는 병들 사이로 맞은편 커다란 저택을 다시 한번 바라본 조안나가 입을 열었다.

"그럭저럭 먹고 살지 않겠느냐고 했나요? 당신은 저 에밀리 레스터가 눈에 보이지 않나요? 얼마나 흥청망청 써대며 살고 있는지 좀 보란 말예요. 옛날엔 지지리도 못살던 애가요. 그 집 아이들은 대학까지도 염려없을 거예요. 그런데 우리 애들을 좀 봐요. 겨우 교구(敎區) 안 학교에 가는 게 고작이잖아요."

조안나는 침통한 표정으로 말했다.

쉐이드랙은 아내의 이 말을 듣자 에밀리를 떠올리고는 곧 즐거운 듯이 말했다.

"조안나, 당신은 에밀리에게 아주 좋은 일을 했어요. 당신이 에밀리에게 나를 단념하라고 했기 때문에 우리의 어설픈 관계는 매듭을 짓게 됐고, 또 레스터 씨의 청혼에 응할 수 있었으니까. 세상에서 에밀리에게 그만큼 좋은 일을 한 사람이 또 누가 있겠소?"

조안나는 이 말을 듣자 거의 미칠 지경이었다.

"이제 옛날 일은 말하지 마세요!"

그녀는 너무나 슬퍼서 거의 애원하다시피 말하였다.

"아무리 당신이 돈에 관심이 없다고 하더라도 자식들과 나를 위해서 무슨 수를 씨시라도 돈을 빌어야 할 세 아니에요?"

"음, 솔직히 말해서 난 이런 일이 성미에 맞지 않소. 처음부터 난 그걸 쭉 느꼈소. 그러나 별로 입 밖에 내고 싶진 않았

소. 사실 나에게는 마음껏 활개칠 수 있는 장소가 필요해. 손
님들과 이웃들의 틈바구니 속에 끼여서 살아가는 것보다 좀
더 자유롭게 활동할 수 있는 넓은 곳 말이오. 나도 내 길을 잘
만 들어선다면 돈도 벌 자신이 있다오."

"그런데 당신의 길이란 도대체 무엇을 말하는 거지요?"

"그거야 다시 배를 타는 거지."

조안나는 다른 뱃사람의 아내들처럼 반과부의 생활을 하는
것이 싫어 남편을 집에 붙잡아 두었던 것이다. 그러나 그의
야망은 아내의 본능까지도 꺾어 버렸다.

"그러면 정말 성공할 수 있을까요?"

"그 수밖에는 없어."

"쉐이드랙, 당신은 기어코 배를 타실 건가요?"

"나도 그게 그리 내키지는 않소. 원래 뱃사람의 생활이라는
것이 구석방에서 사는 것만큼이나 하잘것없고 싱겁지. 그리
고 사실 난 바다가 싫소. 이건 전부터 그랬었소. 하지만 당신
과 아이들을 위해 돈을 벌어야 한다면 어쩔 수 없지. 본래 뱃
일밖에 모르는 나같은 놈에게 다른 뾰족한 수가 있겠소?"

"돈을 벌려면 오래 걸릴까요?"

"그야 그때의 형편에 따라 다르지. 아마 그다지 오래 걸리
지는 않으리라 생각하오."

다음날 아침 쉐이드랙은 항해용 재킷을 꺼내 입었다. 그가

처음에 바다에서 돌아왔을 때 입고 있던 것이었다.

그리고 바로 부둣가로 나갔다. 항구는 전에 비해 조금 변했으나 여전히 뉴파운들랜드와의 무역은 제법 활기있게 계속되고 있었다.

그 후 얼마 후에 쉐이드랙은 자기가 선장이 되기로 하고 공동으로 쌍돛배 한 척을 샀다. 그것을 사기 위해 그는 있는 재산을 몽땅 바쳤다. 처음 몇 달 동안은 연안 무역에 종사하면서, 식료품 가게를 하면서 몸에 배인 육지의 냄새를 완전히 털어 버렸다.

봄이 되자 그의 배는 뉴파운들랜드를 향하여 떠났다.

조안나는 이제 자식들과 집에 남아 있게 되었는데, 자식들도 이제는 건장한 젊은이로 성장해 있었고, 부둣가에서 인부로 일하고 있었다.

"잠깐 동안 일하는 거야 뭐 어때?"

그녀는 자식들이 딱하다는 생각이 들 때마다 혼자 이렇게 중얼거렸다.

"우리 집 형편에 놀고 먹을 수는 없으니까 어떡하겠어. 하지만 쉐이드랙만 돌아오면 이제 다 끝났어. 아직 열일곱, 열여덟 살이니 그내라노 가정교사를 데려다가 잘 가르치면 돼. 돈만 있으면 내 아이들에게도 수학이나 라틴 어를 가르쳐서 에밀리의 아이들처럼 신사로 만들 수 있어."

쉐이드랙이 돌아오겠다는 날이 차츰 가까워져 마침내 그날이 되었다. 그러나 그는 돌아오지 않았다. 배가 제 날짜에 돌아오기는 그리 쉬운 일이 아니었기 때문에 조안나는 별로 걱정하지 않았다.

배는 예정된 날짜보다 약 한 달쯤 지난 후에 돌아왔다. 쉐이드랙이 돌아온다고 기별이 온 날은 비가 추적추적 내리는 밤이었다. 그리고 쉐이드랙은 빗속을 터벅터벅 걸어서 집으로 들어섰다.

아이들이 아버지 마중을 나갔지만 서로 만나지 못한 모양이었다. 그래서 집에는 조안나 혼자 남아 있었다. 오랜만에 만난 두 부부는 흥분을 감출 수가 없었다. 겨우 진정되자 남편은 늦어진 이유를 설명하였는데, 그것은 약간 투기성이 있는 계약을 맺기 위해서이며, 그 결과는 매우 좋았노라고 말하였다.

"난 당신을 실망시키지 않기 위해서 무척이나 애썼소. 당신도 그건 알 테지?"

그는 이렇게 말하고는 돛배의 천으로 만든 커다란 돈주머니를 아내 앞에다 내놓았다. 그것은 마치 재크가 죽였다는 거인(巨人)의 돈주머니처럼 돈이 불룩하게 차 있었다. 그는 그 돈주머니를 풀어서 그 속의 것을 난로 곁의 낮은 의자에 앉아 있는 조안나의 무릎에 쏟았다.

상당한 금화가 조안나의 치마폭에 갑자기 와르르 쏟아지자 그녀의 치마는 방바닥에 축 늘어졌다.

"거봐 내가 뭐랬어? 한밑천 잡겠다고 하지 않았소? 어때, 이만하면 약속을 지키지 않았소?"

쉐이드랙은 아주 흐뭇한 얼굴로 말하였다. 그러나 조안나의 기쁨은 잠시였다.

"이거 정말 금화죠? 그런데 이게 전부예요?"

그녀가 말하였다.

"이게 전부냐고? 조안나, 이 정도만 해도 300파운드는 족히 될 텐데…… 이만하면 한밑천 되지 않소?"

"그렇겠죠. 바다에서 보면야 한밑천 되겠죠. 하지만 여긴 바다가 아니라 육지라고요."

조안나는 일단은 돈 생각 같은 건 하지 않으려고 했다.

아들들이 돌아왔다. 쉐이드랙은 주일에 하느님에게 감사의 기도를 올렸다. 이번에는 평범하게 일반 감사의 기도를 올리듯이 이탤릭체로 씌어진 부분을 읽어나갔다.

그리고 며칠이 지났다. 부부는 그 돈을 어디에 투자할 것인지 의논하다가 쉐이드랙은 아내가 그다지 만족스럽지 않은 듯이 보인다고 말했다.

"맞아요, 쉐이드랙. 맞은편 저 집은 천 단위예요. 하지만 우리 집은 백 단위밖에 안 돼요. 저 집은 당신이 바다로 떠난 뒤에 쌍마차도 장만했다구요."

"그것이 정말이오?"

"당신은 세상 물정을 몰라도 너무 몰라요. 하지만 우리 형편에 그거라도 가지고 최선을 다 해볼 수밖에요. 우린 가난뱅이고 그들은 부자니까요."

그럭저럭 그해가 지나가 버렸다. 조안나는 가게와 집 사이를 왔다갔다 하였으며, 아들들은 여전히 항구에서 일하고 있었다.

어느 날 쉐이드랙은 조안나에게 말하였다.

"조안나, 당신은 아직도 무언가 불만이 있나 보구려."

"그래요, 불만이 있다마다요. 우리 아이들은 레스터네가 소유하고 있는 배나 부리며 살아가게 될 텐데요. 옛날엔 내가 에밀리보다 모든 면에서 훨씬 나았는데……."

졸리프는 원래 따지기를 좋아하는 사람이 아니었다. 그는 약간 머뭇거리며 한번 더 바다로 나가볼까 한다고 말했다.

그는 며칠을 두고 곰곰이 생각했다. 그리고 어느 날 오후에 부둣가에서 집으로 돌아와서 말하였다.

"가능한 일이오. 특히 당신을 위해서라면 해야지. 한 번만 더 바다로 나간다면 분명히 할 수 있을 거요."

"가능하다니, 뭐가 말예요?"

"백 단위가 아니라 천 단위가 될 수 있단 말이오. 만약 그렇

게만 한다면……."

"만약이라뇨? 그게 무슨 말이에요?"

"아이들과 같이 배를 탄다면 말이오."

그 말을 들은 조안나의 얼굴은 하얗게 질렸다.

"쉐이드랙, 그런 말은 입 밖에도 내지 마세요."

"왜?"

"그런 말은 듣기도 싫어요. 바다가 얼마나 위험한지 몰라서 그러세요? 나는 아이들을 번듯하게 키우고 싶어요. 그런 위험한 일을 어떻게 시켜요. 난 죽어도 그런 짓은 못 해요."

"알았소. 내 다시는 그런 말은 하지 않으리다."

다음날 조안나는 한참 동안 생각에 잠겨 있는 듯하다가 이렇게 물었다.

"만약 당신이 아이들과 함께 바다로 나간다면 정말로 전보다 더 많이 벌어올 수 있을까요?"

"물론이지. 내가 혼자서 버는 것보다 네 배는 더 벌 수 있을 테지. 내가 잘 지켜봐 주면 아이들은 자신들의 몫을 단단히 해낼 거요."

"좀더 자세히 얘기해 주세요."

"우리 아이들은 웬만한 선장 못지 않게 배를 능숙하게 부릴 수 있소. 남쪽 바다에는 이 항구보다 더 물굽이가 사나운 곳은 없다오. 우리 아이들은 어려서부터 단련이 되어 왔기 때문에 물에 대해서는 아주 침착하오. 아마 그 아이들보다 갑절이나 나이 많은 사람 대여섯 명이 있다 해도 우리 아이들을 당해내지 못할 거요. 아주 믿음직스럽지."

조안나는 잠시 또 생각에 잠기더니 이렇게 말하였다.

"하지만 역시 바다는 위험해요. 게다가 전쟁이 났다는 소문도 있구요."

조안나는 역시 불안해하며 말하였다.

"그야 위험하기는 하지……."

조안나는 자꾸만 더 불안해졌다. 아이들을 생각하면 가슴이 미어졌다. 또 요즘 들어 더욱더 자주 그녀의 가게를 드나드는 에밀리의 태도는 정말로 봐주기 어려울 지경이었다.

조안나는 가난을 이유로 남편에게 더욱더 바가지를 긁어대기 시작했다.

아버지를 닮아 온순한 두 아이들은 항해를 나가면 돈을 벌 수 있다는 이야기를 듣자 조금도 주저하지 않고 배를 타겠다고 나섰다. 사실 그들도 아버지와 마찬가지로 바다를 썩 좋아하는 것은 아니었다. 하지만 아버지의 계획을 듣더니 당장 많은 돈이라도 벌게 된 것처럼 들떠서 찬성하였다.

문제는 조안나였다. 조안나는 한참을 생각한 끝에 승낙하고 말았다.

쉐이드랙은 무척 기뻐하였다. 지금까지 자기를 지켜준 하느님께 감사를 드렸다. 하느님은 자기 자신에게 충실한 사람은 결코 저버리지 않는다고 쉐이드랙은 믿고 있었다.

그들은 전재산을 또다시 투자하기로 했다. 그들 부자가 뉴파운들랜드와의 무역에 종사하는 동안에 조안나 혼자 겨우 살 수 있을 만큼의 상품만 남겨 두고 모두 처분해 버렸다.

지난번에는 아들들과 같이 있었기 때문에 미처 몰랐지만 이제는 그녀 혼자서 그 지루한 시간을 어떻게 견딜지 막막하였다. 그러나 그녀는 앞날의 행복을 위해서 꿋꿋이 견디리라 굳게 결심하였다.

쉐이드랙과 아들들은 여러 가지 생활 필수품 — 버터, 치즈, 구두, 옷, 어로 도구, 밧줄, 항해복 등의 식료품과 잡화에 이르기까지 팔 수 있을 만한 물건은 모두 실었다. 그리고 돌아올 때에는 기름, 털가죽, 생선, 크랜버티 등의 상품들을 수입해 올 예정이었다. 그리고 항해하는 도중에 다른 항구들에서 무역을 하여 많은 돈을 벌어들일 생각이었다.

3

이들의 배가 항구를 떠난 것은 어느 따뜻한 봄날의 월요일 아침이었다. 조안나는 이들을 마중하지 않으리라 생각하였다. 자신의 욕심으로 인해 이들을 떠나 보내는 슬픈 정경을 결코 볼 수가 없었던 것이다.

남편은 아내의 이러한 심정을 잘 이해했다. 그래서 떠나기 전날 밤에 12시 전에는 떠나게 될 것이라고 미리 말해 두었다.

조안나가 다음날 아침 5시에 잠을 깼을 때 세 부자(父子)는 아래층에서 부산하게 떠날 준비를 하고 있었다. 조안나는 일부러 바로 내려가지 않았다. 그녀는 자리에 누운 채로 마음을 가다듬으려고 애썼다. 남편은 지난번과 마찬가지로 9시쯤 되어서 출발할 거라고 생각했다. 그러나 그녀가 슬픈 마음을 진정시키고 아래층으로 내려갔을 때에는 이미 남편과 아이들은 떠나고 없었다. 이들이 떠난 자리의 책상에는 분필로 쓴 짧은 편지가 남아 있을 뿐이었다.

쉐이드랙은 아내가 떠나는 것을 직접 보면 그녀의 마음이 더욱더 괴로울까 봐 말하지 않고 떠난다는 사연을 몇 줄 급히 써놓은 것이다. 그리고 그 밑에 아이들이 쓴 글귀가 눈에 띄었다.

'어머니 안녕……'

조안나는 급히 부두를 향해 뛰어갔다. 그리고 저 멀리 떠나는 남편의 배를 보았다. 그러나 그녀의 눈에는 바람에 펄럭이는 돛만이 보일 뿐 남편이나 아이들의 모습은 보이지 않았다.

"내가 그들을 떠나게 한 거야!"

그녀는 이렇게 중얼거리며 울음을 터뜨리고 말았다.

그녀가 집으로 돌아와 다시 '안녕' 이라는 글씨를 보았을 때 그 글씨는 그녀의 가슴을 갈가리 찢어놓는 듯하였다. 그러나 그녀가 안방에 들어와 에밀리의 집을 건너다보았을 때 그녀의 얼굴에는 옅은 미소가 지나갔다. 이제는 저 거만한 에밀리에게 굽실거리는 굴욕에서 벗어나게 될 것이다. 그녀만큼 잘 살게 될 것이다.

에밀리 레스터에 대해서 말한다면 결코 그녀는 거만하다거나 우쭐대지 않았다. 그것은 다 조안나의 자격지심(自激之心)이었다. 에밀리는 부유한 상인의 아내로서 조안나보다 윤택한 것은 사실이었고, 어쩌다 둘이 마주치게 되면 에밀리는 될수록 그러한 차이를 보이지 않으려고 애썼다.

그해 여름도 어느 새 다 지나갔다. 조안나의 가게는 이제 계산대와 유리창만 남았다고 해도 과언이 아닐 정도였다. 조안나는 텅 비어 버린 가게에서 간신히 연명해 나가고 있었다. 이제 단골 손님이라고는 에밀리뿐이었다. 조안나는 이 레스터 부인이 상품의 질도 물어보지 않고 손에 잡히는 대로 사 주는 지나친 친절이 오히려 가슴을 도려내는 듯이 아팠다. 그녀는 마치 적선을 베풀듯이 가리지 않고 물건을 사 주었던 것이다.

겨울이 왔다. 이번 겨울은 다른 어느 해보다도 음산한 겨울이었다. 조안나는 작별의 인사말을 쓴 글씨를 잘 보관하기 위해 책상을 벽을 향해 돌려 놓았다. 그녀는 그 글씨를 차마 자신의 손으로 지울 수가 없었다. 그 글씨를 바라볼 때마다 그녀의 눈은 눈물로 얼룩져 있었다.

에밀리의 아들들이 크리스마스 휴가를 보내기 위해 집으로 돌아왔다. 그들은 이제 곧 대학에 입학하게 될 것이다.

조안나는 하루하루를 겨우 연명해 나갔다. 이제 한 번의 여름이 더 지나면 항해도 끝날 것이다.

그 여름이 끝날 무렵 에밀리는 옛친구가 몹시 애를 태우고 있다는 말을 듣고 조안나를 찾아갔다. 남편과 아이들에게서 몇 달째 소식이 끊어졌던 것이다.

에밀리가 가게의 계산대를 지나 뒷방으로 들어갈 때 그녀의 비단옷은 뽐내듯이 반짝였다.

"넌 아주 잘 되었지만 난 이 모양이구나."

조안나가 말했다.

"별 얘기를 다 하는구나. 이제 곧 많은 돈을 벌어가지고 오실 텐데……."

에밀리가 말하였다.

"안 돌아올지도 모른다는 생각을 하면 정말로 못 참겠어. 여자 혼자만 남겨 두고 셋이 몽땅 한 배를 타나니……. 그런데 벌써 몇 달째 소식이 없단다."

"걱정하지 마. 아직 돌아올 날이 남았는데 벌써부터 걱정할 필요는 없잖아!"

"허전함을 달랠 수가 없어."

"그러게 왜 애초에 보냈어! 그 동안 잘 살아왔으면서……."

"그래, 내가 가라고 했어!"

조안나는 에밀리를 쏘아보며 말하였다.

"왜 가라고 했는지 알아? 너희는 그렇게 잘사는데 우린 이 모양으로 초라하게 사는 것이 참을 수가 없었어. 만약 네가 날 미워한다고 해도 어쩔 수 없어."

"아냐, 조안나! 내가 왜 널 미워하겠니?"

어느 새 가을도 깊어졌다. 쉐이드랙의 배가 마땅히 돌아와야 하는데 어쩐 일인지 부두에서 그의 배는 그림자도 구경할 수가 없었다.

조안나는 그 걱정이 현실이 되는 게 아닌가 하였다. 그녀는 떨리는 마음을 진정시킬 수가 없었다. 난롯가에 앉아 바람이 불 적마다 그녀의 온몸도 바르르 떨렸다. 그리고 그녀는 바다를 무서워하게 되고 증오하게 되었다. 그녀가 슬퍼하는 모습을 보고 바다는 기뻐하는, 원수 같은 존재라고 생각하였다.

"그들은 반드시 돌아올 거야."

조안나는 중얼거렸다.

조안나는 쉐이드랙이 떠나기 전에, 이번 항해에 성공해서 돌아오면 지난번 난파를 면하고 왔을 때 감사의 기도를 올렸던 것처럼 아들들을 데리고 교회에 가서 하느님께 진심으로 감사의 기도를 올리겠다던 말이 머리 속에 떠올랐다.

그녀는 아침 저녁으로 교회에 갔다. 그리고 강단에서 가장 가까운 곳에 자리를 잡고 앉았다. 그녀는 쉐이드랙이 젊은 시절, 무릎을 꿇고 앉았던 자리를 물끄러미 바라보았다. 20년 전 어느 겨울 남편이 무릎을 꿇고 앉았던 그 자리를 그녀는 정확히 기억하고 있었다.

그녀는 그 자리에 모자를 벗어놓고 그 자리에 그대로 무릎을 꿇고 앉았다. 그러면 하느님은 자비하신 분이니 아마 남편을 그 자리에 그대로 다시 앉을 수 있게 할 것이라고 굳게 믿었다. 남편이 양옆에 두 아들을 하나씩 앉히고 기도를 하고 있는 모습을 마치 눈앞에서 보고 있는 것 같았다.

훤칠한 키의 두 아들과 그 사이에 있는 건장한 몸집의 남편, 그들은 합장을 하고 동쪽을 향해 있었다.

그녀가 피로한 눈을 들어 동쪽을 볼 때마다 그들 세 부자의 환영이 아른거렸다.

그들은 돌아오지 않았다. 하느님은 자비로운 분이지만 조안나의 영혼을 불안에서 건져 주지는 않았다. 그것은 아마도 젊은 날의 조안나가 자신의 양심을 저버린 대가인지도 모른다. 그러나 그것은 죄값이라고 하기에는 너무나 큰 것이어서 그녀를 완전히 절망에 빠뜨렸다.

배가 돌아온다고 한 날이 벌써 여러 달이 지났건만 아직도 배는 돌아오지 않았다.

조안나는 날마다 부두에 나가 배를 기다렸다. 환히 트인 뱃길이 보이는 언덕에 올라가, 멀리 지평선 저쪽에 작은 점 같은 것이 물결을 타고 남쪽을 향하는 것을 보고 쉐이드랙의 배일 것이라고 생각하곤 하였다. 또 그녀는 집안에 있다가도 부두쪽에서 왁자지껄하는 사람들 소리가 나면 속으로 '그이와 아이들이 오나 봐.' 하고 중얼거리며 벌떡 일어나 밖을 내다보았다.

그러나 그들은 돌아오지 않았다. 그녀는 주일마다 교회의 강단 앞에 앉아 있는 세 사람을 보기는 했지만 그것은 환영에 불과하였다.

이제 그녀의 가게도 바닥이 나 버렸다. 그녀는 불안과 고독에 지친 나머지 장사에 신경쓸 여력이 없었다. 몇 푼어치의 물건도 들여놓을 엄두가 나지 않았다. 그래서 결국에는 마지막 단골 손님까지도 놓쳐 버리고 말았다.

에밀리 레스터는 곤경에 빠진 조안나를 도와주려고 했으나 번번이 거절당하고 말았다.

"난 널 보기도 싫어!"

친구에게 도움을 주고 싶어한 에밀리가 찾아오면 조안나는

아내 213

이렇게 소리쳤다.

"조안나, 난 친구로서 널 위로해 주고 조금이라도 돕고 싶어서 그래."

에밀리가 말하였다.

"넌 돈많은 남편과 훌륭한 아들을 둔 부인이 아니니? 자식도 남편도 다 잃어버리고 늙어 버린 할멈을 네가 어떻게 하겠다는 거니?"

"조안나, 이런 곳에 혼자 있지 말고 우리 집에 와서 같이 사는 게 어떻겠니?"

"오! 안 돼. 그들이 돌아왔을 때 내가 집에 없어서는 안 돼. 그리고 보니 너 날 가족들과 떼어놓을 작정이구나? 그것만은 절대로 안 되지. 난 그냥 여기 있을 거야. 난 네가 정말 보기 싫어. 아무리 나한테 친절한 척해도 역겹기만 해."

그러나 세월이 흘러감에 따라 아무 수입도 없는 조안나로서는 뾰족한 수가 없었다. 집세도 못 낼 형편이었다. 주위의 모든 사람들이 쉐이드랙과 아들들이 돌아오기는 이젠 틀렸다고 이야기했다. 그녀는 할 수 없이 레스터의 집에서 신세를 지기로 하였다.

그녀는 레스터의 집 3층의 한 방에서 거처하게 되었다. 그 방은 그 집 가족들과 부딪히지 않고 마음놓고 밖으로 출입할 수 있게 되어 있었다.

조안나의 머리는 어느 새 희끗희끗해지고 이마에는 깊은 주름살이 패여 있었다. 몸은 깡마르고 허리는 구부정하였다. 하지만 아직도 그녀는 남편과 아들들을 기다리고 있었다.

그녀는 어쩌다가 에밀리와 마주치게 되면 퉁명스럽게 이렇게 말했다.

"난 네가 왜 나를 이리 데려왔는지 다 알아. 넌 내게 쉐이드랙을 뺏은 앙갚음을 하려는 거야. 그가 돌아왔을 때 내가 집에 없는 것을 보고 다시 바다로 떠나도록 말야."

친구의 마음이 얼마나 아프고 슬플까를 생각한 에밀리 레스터는 친구의 터무니없는 비난을 들으면서도 꾹 참았다.

에밀리뿐만 아니라 이곳 헤이븐풀에 사는 모든 사람들은 쉐이드랙과 그의 아들들이 영원히 돌아오지 못할 곳으로 갔다고 생각하고 있었다.

그러나 조안나는 한밤중이라도 무슨 소리가 나기만 하면 침대에서 벌떡 일어나 램프를 들어 건너편 가게를 바라보곤 하였다. 하지만 번번이 그들이 아니란 걸 확인하고는 풀이 죽었다.

쉐이드랙의 배가 항구를 떠난 지도 6년이 지난 어느 겨울 컴컴한 밤이었다. 차가운 바닷바람이 비린내를 품고 불어닥쳤다. 조안나는 다른 어느 때보다 더 간절한 심정으로 그날도 집 떠난 이들을 위해 기도하고 11시가 되어서야 잠자리에 들었다.

그녀는 자다가 깜짝 놀라 깨어났다. 그때의 시각이 밤 1시나 2시쯤 되었을 것이다. 거리에서 쉐이드랙과 아이들의 발소리가 들리더니 곧이어 가게 앞에 와서 부르는 소리가 들렸던 것이다.

그녀는 침대에서 벌떡 일어나 무슨 옷을 입었는지도 모르고 허둥지둥 융단을 깔아놓은 에밀리의 집 계단을 급히 내려갔다. 그리고 대문의 빗장을 풀고는 거리로 뛰어나갔다.

부둣가에서 휩쓸려 온 안개로 인해 거리는 한 치 앞도 구별하기가 어려웠다. 그녀는 순식간에 행길을 건넜다. 그러나 그곳에는 아무도 없었다. 그녀는 미친듯이 맨발로 근처를 헤맸으나 아무도 없었다.

그녀는 다시 가게 앞으로 돌아왔다. 쉐이드랙과 아이들은 자기의 잠을 방해하지 않으려고 그냥 가게 안에서 하룻밤을 새려고 할지도 모른다. 그녀는 힘껏 가게 문을 두드렸다.

이윽고 현재 그 가게를 운영하는 젊은 주인이 이층 창문을 열고 내다보았다.

"누구시죠?"

그의 눈에는 송장 같은 여자가 반벌거숭이로 서 있는 것이 보였다.

"아, 졸리프 부인이시군요? 난 또 누가 왔나 했어요."

젊은 주인은 친절하게 말했다.

불쌍한 부인의 터무니없는 기대가 그녀를 이 지경으로 만들었다는 걸 잘 알고 있었기 때문이었다.

"여긴 아무도 찾아오지 않았어요."

젊은 주인은 이렇게 말하고 가엾다는 표정으로 그녀를 쳐다보았다.

레프 니콜라예비치 톨스토이
(Lev Nikolaevich Tolstoi, 1828~1910)

레프 니콜라예비치 톨스토이는 1828년 8월 28일, 러시아의 중앙부 툴리스카야 근처인 야스나야 폴랴나에서 백작 집안의 넷째 아들로 태어났다.

1830년, 그의 어머니 마리야가 여동생을 출산하다 얻은 산욕열이 원인이 되어 사망한데다 아홉 살 때인 1837년에는 아버지 니콜라이가 뇌일혈로 급사, 소년기의 톨스토이는 양친을 차례로 잃는 불행을 겪으며 친척집에서 성장하였다.

그가 19세였던 1847년, 대학 교육에 실망을 느낀 나머지 카잔 대학을 중퇴했다. 그리고 고향으로 돌아가 합리적인 농장 관리와 영지 내의 농민 생활을 개선하려 했으나, 그의 이상주의는 실패에 그치고 말았다.

1851년에 맏형 니콜라이의 권유로 군에 입대, 카프카스에서 사관 후보생으로 복무하였다.

카프카스의 아름다운 자연은 예술가 톨스토이에게 일종의 요람 구실을 하였다.

이 무렵부터 톨스토이는 문학에 정열을 쏟아 소설 창작을 시작하였다. 그의 처녀작으로, 어린이의 심리를 가장 매혹적으로 묘사한 작품으로 평가받는 《유년시대》를 1852년 월간문예지 「현대인」지에 발표, 네크라소프로부터 격찬을 받고 작가로서의 순탄한 출발을 하게 되었다.

1862년 오래 전부터 알고 지냈던 궁전시인 베르스의 둘째 딸 소피아 안드레예브나(18세)와 결혼 후 새로운 창작열에 불타오른 톨스토이는 문학에 전념하여 《전쟁과 평화》(1864~1869)를 발표하였다.

이어 《안나 카레리나》(1873~1877)를 완성하여 세계적인 대작가의 반열에 오르게 되었다.

1882년 그는 《참회》를 발표함으로써, 과거 마음의 투쟁을 고백함과 동시에, 그 후부터 톨스토이의 문학 활동은 주로 종교적 · 정신적인 방향으로 기울어져 갔다.

톨스토이는 복음서의 진리를 일반 민중들이 쉽게 이해할 수 있도록 단순하고 간명하고 정확한 말로 민화(民話)를 썼다. 따라서 이 새 이야기들은 톨스토이가 지향하는 종교적 예술에 대한 열망(熱望)으로 가득 차 있다.

즉 〈사람은 무엇으로 사는가〉(1881), 〈사랑이 있는 곳에 신도 있다〉(1885), 〈불을 놓아 두면 끄지 못한다〉(1885), 〈달걀만한 씨앗〉(1885), 〈두 노인〉(1885), 〈촛불〉(1885), 〈회개한 죄인〉(1885), 〈사람에게는 많은 땅이 필요한가〉(1885), 〈대자(代子)〉(1886), 〈바보 이반〉(1886), 〈세 아들〉(1886) 등에는 민중을 향한 톨스토이의 사랑과 확신이 잘 스며들어 있다.

사람은 무엇으로 사는가

1

한 구두장이가 가족들과 함께 허름한 농가에 세들어 살고 있었다. 집도 땅도 없었으므로 오직 구두를 만들고 고치는 삯으로 생계를 유지해 나가고 있었다.

곡물은 비싸고 일삯은 헐하기 때문에 버는 것은 모조리 먹는 것을 사는 데 들어갈 정도였다.

구두장이에게는 아내와 공동으로 입는 외투가 한 벌 있었는데 그것도 다 해져 누더기가 되어 버렸다. 그래서 벌써 2년째 새 모피 외투를 만들기 위해 양피(羊皮)를 사야겠다고 벼르고 있었다.

가을이 되자 구두장이에게 약간의 돈이 생겼다.

3루블짜리 지폐가 아내의 함롱 속에 들어 있고, 또 마을 농부들에게 꾸어 준 돈이 5루블 20코페이카 가량 있었다.

그리하여 구두장이는 꾸어 준 돈을 받아 양피를 사려고 아침부터 마을에 갈 채비를 했다. 그는 식사를 마치자 루바슈카 위에다 솜을 넣은 아내의 무명 재킷을 껴입고 그 위에 긴 모직 외투를 걸친 다음 3루블을 호주머니에 넣었다. 그리고 지팡이로 사용할 요량으로 나뭇가지를 한 가지 꺾어 손에 쥔 채 길을 떠났다.

구두장이는 마을에 이르러 한 농부의 집을 찾아갔다. 그런데 농부가 없었다. 그 아내는 1주일 안으로 남편 편에 돈을 보내겠다고 약속할 뿐 빚을 갚지 않았다. 또 다른 농부에게로 갔다. 그 농부는 돈이 한 푼도 없다고 딱 잘라 말하고는 장화를 고친 값 20코페이카만 줄 뿐이었다. 구두장이는 양피를 외상으로 사려고 했으나 가죽 상점에서는 외상을 주려 하지 않았다.

"돈을 가지고 와요, 그러면 얼마든지 줄 테니까. 외상이 얼마나 받기 어려운지 우리넨 너무나 잘 알아요."

이렇게 되어 구두장이는 겨우 장화를 고친 값 20코페이카를 받고, 어느 한 농부에게서 낡은 펠트화에 가죽을 대어 꿰매는 일을 맡았을 뿐이있다.

구두장이는 속이 상해서 20코페이카를 몽땅 털어 보드카를 마셨다. 그리고 양피도 사지 못한 채 집을 향해 걸었다.

아침에는 좀 추운 것 같았지만 술을 마신 뒤라 모피 외투 따윈 입지 않아도 몸이 후끈거렸다. 구두장이는 한쪽 손에 쥔 지팡이로 울퉁불퉁 언 땅을 두드리고 다른 쪽 손으로는 펠트 화를 휘두르면서 투덜댔다.

"젠장, 모피 외투 같은 거 입지 않아도 따뜻하기만 하군. 작은 병 하나 마셨더니 온몸의 피가 달음박질치는구만. 이 정도 추위에 모피라니! 난 사내 대장부라니까! 아암, 아무렇지도 않아, 난! 모피 외투 따윈 없어도 살 수 있어. 그런 건 한평생 필요 없어.

하지만 마누라가 가만 있지 않을 거란 말야. 그게 찝찝해. 나는 죽어라 일하는데 그 여잔 날 아주 깔본단 말이야.

가만 있자. 다음엔 돈을 갚지 않으면 모자를 잡아 벗기고 말 테니, 아암, 반드시 그렇게 하고말고. 그런데 이건 도대체 어떻게 된 거야? 20코페이카씩 찔끔찔끔 주다니! 흥, 20코페이카로 대체 뭘 하란 말이야? 술이나 마실 수밖에……

너흰 곤란하다고 하지만 그래, 나는 곤란하지 않은 줄 아나? 게다가 집도 있고 소도 있고 말도 있지만 나는 알몸뚱이다. 너흰 빵을 직접 만들어 먹지만 나는 주로 사서 먹는다고! 아무리 몸부림을 쳐 보아야 1주일에 빵값만도 3루블은 나간다구! 집에 돌아가면 빵도 없을 테니 또 1루블 반을 내놓아야 해. 그러니까 너희들도 다음 번엔 내 돈을 갚아 줘야겠어."

이윽고 구두장이는 길모퉁이의 교회 근처까지 왔다. 교회 옆에 무엇인가 허연 것이 보였다. 이미 땅거미가 지기 시작했으므로 구두장이는 찬찬히 보았지만 무엇인지 알아볼 수가 없었다.

"여기에 돌 같은 건 없었지, 아마. 소인가? 그런데 짐승 같지도 않아. 머리는 사람 같지만 사람치곤 너무 희군. 그리고 사람이 이런 데 있을 리가 없지."

좀더 다가가니 물체가 똑똑히 보였다. 그런데 이게 웬일인가. 사람은 사람인데 죽었는지 알몸으로 교회 벽에 기대어 앉은 채 꼼짝도 하지 않았다. 구두장이는 무서운 생각이 들었다.

'누가 저 사나이를 죽이고 옷을 벗긴 뒤 여기 내버린 모양이야. 너무 바싹 다가갔다가는 나중에 무슨 변을 당할지 모르겠군.'

그래서 구두장이는 그냥 지나쳐 갔다. 교회 모퉁이를 돌자 사나이의 모습은 보이지 않게 되었다. 교회를 지나 다시 돌아다보니 사나이가 꿈틀거리며 움직이기 시작했다. 어쩐지 이쪽을 보고 있는 것 같았다. 구두장이는 더럭 겁이 났다.

'가까이 가 볼까, 그냥 지나쳐 갈까? 혹시 갔다가 무슨 봉변이라도 당하면 큰일이지. 저놈이 누군지 내가 모르잖아. 좋은 일을 하고서 이런 데 왔을 리는 없겠고, 가까이 가기가 무섭게 덤벼들어 날 목 졸라 죽일는지도 몰라. 그렇게 되면 꼼짝 없이 죽는 거야. 설령 목 졸라 죽이지 않더라도 시끄러운 꼴을 당할 건 뻔해. 저 벌거숭이 사나일 어쩐다? 내가 입고 있는 것을 홀랑 벗어 줄 수도 없고. 에라, 그냥 지나쳐 가자, 제기랄!'

그렇게 생각하면서 구두장이는 걸음을 재촉했다. 그런데 발걸음을 옮기는 도중 양심이 고개를 쳐들었다. 구두장이는 한길 복판에서 발을 멈추고 혼잣말을 했다.

"도대체 너는 뭘 하는 거냐, 세몬?"

"사람이 죽어가고 있는데 겁을 먹고 도망가려 하다니. 네가 뭐 큰 부자라도 된단 말이냐? 가진 물건을 빼앗길까 봐 겁이 나는 거야? 세몬, 그건 나쁜 일이다!"

그리하여 세몬은 되돌아서서 사나이에게 다가갔다.

2

세몬은 그에게로 다가가 자세히 살펴보았다. 젊은이라서 힘도 있을 듯하고 몸에 얻어맞은 흔적도 없었으나, 몸이 꽁꽁 얼어 말을 듣지 않는 모양이었다. 벽에 기대앉은 채 세몬 쪽을 보려고도 하지 않았다.

쇠약해질 대로 쇠약해져 눈을 뜰 수도 없는 것 같았다. 세몬이 다가가자 사나이는 그제야 제정신이 든 듯 고개를 들고 눈을 떠 세묜을 바라보았다. 사나이의 그 시선이 세묜의 마음을 끌었다. 그래서 펠트화를 땅바닥에 내동댕이치고 허리띠를 끌러 그 허리띠를 펠트화 위에 놓은 다음 외투를 벗었다.

"이러고 있을 때가 아냐! 자아, 이걸 입어요! 어서!"

세묜은 사나이를 부축하여 일으켰다. 사나이는 겨우 일어섰다. 세묜이 좀더 자세히 살펴보니 사나이는 부드럽고 깨끗한 피부에 귀여운 얼굴을 하고 있었다. 세묜은 그의 어깨에 외투를 걸쳐 주려 했으나 언 팔이 소매 속으로 잘 들어가지 않았다. 세묜은 두 팔을 끼워 주고 옷자락을 잡아당기고 앞을 여며 준 다음 허리띠를 매어 주었다. 세묜은 헌 모자도 벗어 주려다가 그만두었다.

'나는 대머리지만 이자는 긴 고수머리가 텁수룩하군.'

"그보다도 자네는 신을 신어야겠군."

구두장이는 사나이를 앉히고 펠트화를 신겼다.

"이제 됐다. 자아, 이번엔 좀 움직여서 언 몸을 녹여야지. 뒷일은 내가 걱정하지 않더라도 다른 사람이 다 처리해 줄 거야. 자네, 걸을 수 있나?"

사나이는 멀거니 서서 감격한 듯한 표정으로 세묜의 얼굴을 바라보고 있었으나 말은 전혀 하지 않았다.

"왜 말을 하지 않는 거야? 이런 데서 겨울을 날 셈인가? 집으로 돌아가야지. 자, 여기 내 지팡이가 있으니까 몸이 말을 듣지 않거든 이걸 짚어요. 자, 걸어요, 걸어!"

그러자 사나이는 걷기 시작했다. 조금도 뒤떨어지지 않고 잘 걸었다.

두 사람이 길을 걷기 시작했을 때 세묜이 말했다.

"자네, 대체 어디서 왔나?"

"나는 이 고장 사람이 아닙니다."

"나도 이 고장 사람은 다 알아. 그래, 왜 이런 데까지 왔나? 교회 근처까지 말이야."

"그건 말씀 드릴 수 없습니다."

"틀림없이 어떤 나쁜 놈들이 이런 짓을 했겠지?"

"그런 일은 없었습니다. 나는 신의 벌을 받았지요."

"그야 물론 만사가 신의 뜻임엔 틀림없어. 그렇더라도 어디 좀 들어가 쉬어야 할 텐데. 자네, 어디로 갈 건가?"

"저는 오갈 데가 없는 몸입니다."

세묜은 깜짝 놀랐다. 보기에는 거리를 떠도는 부랑아 같지는 않았던 것이다.

'그야 물론 세상에는 말 못할 일도 많기는 하지.'

그는 사나이에게 말했다.

"어때, 우리 집에 가는 게? 불을 쬘 수는 있거든."

세묜은 집을 향해 걸었다. 낯선 사나이는 한 발짝도 뒤떨어지지 않고 나란히 따라 걸었다. 찬바람이 세묜의 루바슈카 밑으로 스며들었다. 차차 술이 깨면서 추워져 왔다. 세묜은 코를 훌쩍거리며 몸에 걸친 아내의 재킷 앞섶을 여미고 걸으면서 생각했다.

'아니 이건 어떻게 된 모피 외투람. 모피 외투를 마련하러 갔다가 외투는 고사하고 벌거숭이 사나이까지 거느리게 됐으니. 이거 마트료나가 야단일 텐데!'

마트료나를 생각해 내자 세묜의 마음은 우울해졌다. 그러나 옆의 낯선 사나이를 쳐다보고 교회 옆에서 이 사나이가 자기를 쳐다보았던 시선을 생각해 내자 다시 마음이 유쾌해졌다.

3

세묜의 아내는 서둘러 일을 마쳤다. 장작을 패고 물을 긷고 아이들과 같이 저녁 식사를 하면서 빵 굽는 일을 오늘 할까, 내일로 미룰까, 하는 문제만 생각하고 있었다. 빵은 큰 것이 한 조각 남아 있었다.

'세묜이 거기서 점심을 먹고 온다면 저녁은 그리 많이 먹지 않겠지. 그렇게 되면 내일 먹을 빵은 이것으로 충분하다.'

마트료나는 빵 조각을 만지작거리며 생각했다.

'오늘은 빵을 굽지 말아야겠다. 밀가루도 얼마 남지 않았으니, 이걸로 금요일까지 먹도록 하자.'

마트료나는 빵을 치우고 테이블 옆에 앉아 남편의 루바슈카를 깁기 시작했다. 바느질을 하면서 마트료나는 남편이 어떤 양피를 사 올까 하는 생각에 잠겨 있었다.

'모피 장수에게 속아 넘어가지는 않았겠지. 그래도 사람이 워낙 좋으니 알 수 없어. 그이는 조금도 남을 속이지 못하지만 어린아이도 그이를 속이는 것쯤은 문제없으니 말이야. 8루블이라면 큰 돈이니까 좋은 모피 외투를 만들 수 있겠지. 최고급은 아니라도 어쨌든 모피를 살 수는 있을 거야. 작년 겨울에는 모피 외투가 없어서 얼마나 고생을 했는지 생각만 해도 끔찍해. 강엘 갈 수가 있었나, 산엘 갈 수가 있었나. 지금도 그렇지, 옷이란 옷은 모조리 입고 나가 버리니까 난 걸칠 것도 없잖아. 이제 올 때도 됐는데…… 아니, 이 양반이 또 술타령을 하고 있는 게 아닐까?'

마트료나가 그렇게 생각한 순간 입구 층층대가 삐그덕거리면서 누가 들어오는 소리가 났다. 마트료나는 바늘겨레에 바늘을 꽂고 입구 쪽으로 나갔다. 그러고 보니 사나이 둘이 들어오는 것이 아닌가. 세묜 옆에는 낯선 사나이가 맨발에 펠트 화를 신고 모자도 없이 서 있었다.

마트료나는 당장에 남편이 술을 마셨다는 것을 알았다. 남편은 외투도 입지 않고 속옷바람인데, 게다가 손에는 아무것도 들지 않고 말없이 서 있었다. 마트료나는 화가 치밀어올랐다.

'그 돈으로 몽땅 마셔 버린 게 틀림없어. 알지도 못하는 건 달하고 퍼마시고 한술 더 떠 그 작자까지 끌고 왔구먼.'

마트료나는 두 사람을 앞세우고 뒤를 따라 들어가다 생판 모르는 젊고 빼빼 마른 사나이가 입고 있는 외투가 바로 자기 네 것임을 알았다. 외투 안에는 셔츠를 입은 것 같지도 않았고 모자도 쓰지 않았다. 집 안으로 들어온 젊은 사나이는 그냥 그 자리에 선 채 움직이지도 않고 눈도 쳐들지 않았다. 그래서 마트료나는 필경 무슨 잘못을 저질러서 겁을 내고 있다고 생각했다.

마트료나는 의심쩍은 눈으로 페치카 쪽으로 떨어져 서서 두 사람의 거동을 살폈다. 세몬은 모자를 벗고 태연하게 의자에 앉았다.

"여보, 마트료나, 식사 준빌 해야지."

마트료나는 입 속으로 무엇이라고 중얼거릴 뿐 페치카 옆에 선 채 움직이려고도 하지 않고 두 사람을 번갈아 쳐다보며 고개를 갸웃거릴 뿐이었다. 세몬은 아내가 화난 것을 보고 하는 수 없다는 듯이 낯선 사나이의 손을 잡았다.

"자, 앉아요, 저녁을 먹어야지."

낯선 사나이는 엉거주춤 의자에 앉았다.

"그래, 저녁으로 뭘 준비했지?"

마트료나는 화가 나서 대답했다.

"하긴 했지만 당신을 위해서가 아니에요. 보아하니 당신은 염치마저 홀랑 마셔 버린 모양이군요. 모피 외투를 마련하러 간다더니 모피 외투는커녕 입던 외투까지 없앤데다 건달까지 데리고 오다니. 당신네들 주정뱅이에게 줄 저녁은 없어요."

"마트료나, 까닭도 모르면서 함부로 말하면 안 돼요. 먼저 어떻게 된 일인지 물어보아야지."

"그런 건 어떻든 좋아요. 그래 돈은 어디 있어요? 어서 말해 봐요."

세묜은 외투 호주머니를 더듬어 돈을 꺼냈다.

"여기 돈 있잖아. 트리포노프가 주질 않더군, 내일은 꼭 주겠다고 약속하긴 했지만."

마트료나는 더욱더 화가 치밀었다.

'모피도 사지 않고 단 하나밖에 없는 외투를 낯선 벌거숭이에게 입혀 가지고 집으로 끌고 오다니!'

마트료나는 테이블 위의 돈을 집어 함롱 속에 넣으며 말했다.

"저녁은 없어요. 벌거숭이 술주정뱅이를 일일이 대접하다간⋯⋯."

"마트료나, 말 삼가해. 내 말 좀 들으라니까⋯⋯."

"당신 같은 주정뱅이에게서 내가 무슨 말을 들어야 한다는 거예요. 난 처음부터 당신 같은 술꾼하고 결혼하고 싶지 않았어요. 흥! 어머니가 주신 피륙도 당신이 술값으로 없앴죠. 모피 사러 간다더니 그것마저 다 마시고 오다니."

세몬은 아내에게 자기가 마신 것은 고작 20코페이카뿐이라
는 것을 납득이 가도록 이야기하고 이 사나이를 데리고 온 경
위도 밝히려 했다. 그러나 마트료나는 틈을 주지 않았다. 어
디서 쏟아져 나오는지 단번에 두 마디씩 지껄이니 세몬이 끼
여들 겨를이 없었다. 10년도 더 지난 옛날 일까지 들추어 내
는 형편이었다.

마트료나는 마구 욕설을 퍼부으면서 세몬의 곁으로 달려가
그의 옷소매를 부여잡았다.

"자, 내 옷을 돌려 줘요. 하나밖에 없는 내 옷을 뺏어 입고
염치도 좋지. 빨리 벗어 놔요. 못난 인간 같으니! 차라리 뒈지
기나 하지!"

세몬이 아내의 무명 재킷을 벗으려 하는데 한쪽 소매가 뒤
집어졌다. 그때 아내가 그것을 잡아당겼으므로 솔기가 부드
득 뜯겨져 나갔다. 그리고 나가 버리려고 하다가 발을 멈췄
다. 속상하기는 하지만 이 사나이가 누구인지 알아 내야겠다
고 생각했던 것이다.

4

마트료나는 발길을 멈추고 말했다.

"온전한 사람이라면 벌거숭이로 있을 리가 없어요. 그런데 이 사람은 셔츠도 입고 있지 않군요. 당신이 나쁜 짓을 하지 않았다면 어디서 이 사람을 끌고 왔는지 왜 말 못하는 거예요?"

"내가 말하지 않았소. 집으로 돌아오는 길에 교회 담 밑에 이 사람이 알몸으로 거의 얼어붙은 채 앉아 있었단 말이오. 글쎄, 이 추운 날씨에 벌거숭이가 아니겠소? 마침 하늘이 도 와서 내가 그리로 지나오게 됐으니 망정이지 그렇지 않았더 라면 죽고 말았을 거요. 살아가노라면 언제 무슨 일을 당할지 누가 알겠소! 그래서 외투를 입혀 데리고 왔지. 어려운 처지 에 놓인 사람을 돌봐 주는 건 좋은 일이라오."

마트료나는 다시 욕설을 퍼부으려고 하다가 문득 낯선 사 나이를 쳐다보자 말이 막혔다. 사나이는 죽은 듯이 앉아 있었 다. 의자 끝에 앉은 채 꼼짝도 하지 않았다. 두 손을 무릎 위 에 올려놓고 머리를 가슴에 떨어뜨리고서 눈을 드는 일도 없 이 무엇인가가 목을 조르기라도 하는 듯 사뭇 얼굴을 일그러 뜨리고 있었다. 마트료나가 입을 다물고 있으므로 세묜은 이 렇게 말했다.

"마트료나, 당신에겐 하느님도 없소?"

이 말을 듣고 마트료나는 다시 한번 낯선 사나이를 쳐다보 았다. 차츰 마트료나의 기분이 가라앉았다. 그녀는 문앞에서 발길을 돌려 난로 한쪽 구석으로 가서 저녁 식사 준비를 하기 시작했다. 컵을 탁자 위에 놓고 크바스(러시아 인의 음료로 귀리와 엿기름으로 만든 맥주의 일종)를 따르고, 남은 빵을 잘라 내놓았다. 그리고 나이프와 스푼을 놓으면서 말했다.

"식사하세요."

세몬은 낯선 사나이를 식탁으로 데리고 갔다.

"앉아요, 젊은이."

세몬은 빵을 잘게 자른 다음, 둘이서 먹기 시작했다. 마트료나는 테이블 한쪽 끝에 앉아서 차가운 시선으로 낯선 젊은이를 바라보았다.

그러자 이 젊은이가 가엾은 생각이 들어 돌보아 주고 싶은 마음이 생겼다. 그러자 갑자기 낯선 사나이는 기쁜 듯한 표정이 되더니 찡그렸던 눈썹을 펴고 마트료나 쪽으로 눈길을 돌려 싱긋 웃었다.

식사가 끝났으므로 마트료나는 식탁을 치우고 낯선 사나이에게 물었다.

"도대체 당신은 어디 사는 사람이죠?"

"나는 이 고장 사람이 아닙니다."

"그런데 왜 거기에 있었죠?"

"그건 말할 수 없습니다."

"노상 강도라도 만났나요?"

"나는 하느님께 벌을 받았습니다."

"그래서 벌거숭이가 되어 있었단 말예요?"

"네, 그래서 알몸뚱이로 자다가 얼어 죽을 뻔했던 겁니다. 그것을 바깥 양반이 보고 가엾게 생각하여 입고 있던 외투를 벗어 내게 입히고 집으로 같이 가자고 했던 거죠. 또 댁에 오니까 아주머니가 나를 불쌍히 여기고 먹고 마시게 해 주셨습니다. 두 분께는 신이 은총을 내리실 겁니다!"

마트료나는 일어서서 금방 기워 놓았던 세몬의 낡은 셔츠를 창가에서 가져다가 낯선 사나이에게 건네 주었다. 그리고 속바지도 찾아내서 주었다.

"아니 셔츠도 없잖아. 자, 이걸 입고 어디든 마음에 드는 자리에 누워서 자요. 침대 위든 페치카 옆이든."

낯선 사나이는 외투를 벗고 셔츠를 입은 다음 침대 위에 몸을 뉘었다. 마트료나는 등불을 들고 외투를 집어 남편 옆으로 갔다.

마트료나는 외투자락을 덮고 누웠으나 통 잠이 오지 않았다. 낯선 사나이의 일이 머릿속에서 떠나지 않았다.

그 사나이가 조금 남았던 빵을 다 먹어 버려 내일 먹을 빵이 없다는 것과 셔츠와 속바지를 주어 버린 일을 생각하니 아까운 생각이 들지 않는 바도 아니었으나 젊은이가 싱긋 웃던 것을 생각하니 마음이 밝아지는 것 같았다.

오래도록 마트료나는 잠을 이루지 못했다. 세몬도 역시 잠들지 못하고 연신 외투자락을 잡아당기곤 했다.

"남은 빵을 다 먹어 버렸는데 반죽을 해 두지도 않았으니 내일 아침은 어떻게 한담. 마라냐네 집에 가서 좀 꾸어 달라고 할까?"

"산 입에 거미줄이야 치겠어."

마트료나는 한참 동안 가만히 드러누워 있었다.

"그런데 저 사람 나쁜 사람은 아닌 것 같은데 왜 자신의 이야기를 하지 않을까요?"

"아마 말 못할 사정이 있겠지."

"세묜!"

"음?"

"우리는 남을 도와 주는데 왜 다른 사람은 아무도 우리를 도와 주지 않는지 모르겠어요."

세묜은 뭐라고 대답해야 좋을지 몰랐다.

"그만해 둬요."

세묜은 휙 돌아누워 그대로 잠들고 말았다.

5

이튿날 아침, 세묜은 잠에서 깨었다. 아이들이 일어나기 전에 마트료나는 이웃집에 빵을 꾸러 갔다.

어제의 그 젊은이는 낡은 셔츠를 입고 속바지를 입은 채 의자에 앉아 천장을 바라보고 있었다. 그 얼굴은 어제보다 밝아 보였다.

"어때 젊은이, 뱃속에선 빵을 요구하고 알몸뚱이는 옷을 원하니 벌이를 해야 하지 않겠나. 자네 무슨 일을 할 줄 아나?"

"저는 아무것도 할 줄 모릅니다."

세묜은 깜짝 놀랐지만 이렇게 말했다.

"할 마음만 있으면 되는 거야. 사람은 뭐든지 배워서 익히면 돼."

"모두들 일하는데 저도 일을 해야지요."

"자네 이름은 뭐지?"

"미하일입니다."

"이 봐요, 미하일, 자네는 신상 이야기를 하고 싶지 않은 모양인데 그건 아무래도 좋아. 굳이 듣고 싶은 것도 아니니까. 하지만 밥벌이는 해야 해. 내가 시키는 일을 하면 자네를 먹여 주지."

"고맙습니다. 열심히 배우고 익히겠습니다. 뭐든지 가르쳐 주십시오."

세묜은 실을 집어 손가락에 감고 꼬기 시작했다.

"그다지 어려운 건 아냐. 자, 보라고……."

미하일은 그것을 들여다보더니 금방 배워 그와 마찬가지로 손가락에 감아 실을 꼬았다.

세몬이 이번에는 꼰실 짜는 법과 돼지털을 이용해 가죽을 꿰매는 일을 해 보이자 이것도 미하일은 금방 배웠다.

미하일은 세몬이 어떤 일을 가르쳐도 금방 배워 사흘 후에는 벌써 일을 시작하게 되었는데, 마치 오래 전부터 구두를 꿰매 온 것 같은 솜씨였다. 허리를 펼 사이도 없이 부지런히 일만 하고 식사는 조금밖에 하지 않았다. 한가할 때는 잠자코 천장만 쳐다보았다. 밖으로 나가지도 않고 농담도 하지 않고 웃지도 않았다.

미하일이 싱긋 웃은 것은 처음 왔던 날 마트료나가 저녁 식사를 차려 주었을 때뿐이었다.

6

하루하루가 지나고, 주일이 지나가고 일 년이 가까워졌다. 미하일은 여전히 세몬의 집에 살면서 일했는데 세몬의 보조공으로 소문이 자자하게 퍼졌다.

세몬의 보조공 미하일만큼 모양 좋고 튼튼한 구두를 짓는 사람은 없다고 하여 이웃 마을에서까지 구두 주문이 밀려들어 세몬의 수입은 점점 늘어갔다.

어느 겨울 날의 일이었다. 세몬이 미하일과 마주앉아서 일을 하고 있는데 방울을 잔뜩 단 삼두(三頭) 마차 소리가 요란하게 들렸다.

창문으로 내다보니 그 마차는 바로 가게 앞에서 멈춰 섰다. 그리고 젊은 사람이 마부석에서 뛰어내려 마차 문을 열어 주자 마차 안에서 모피 외투를 입은 거구의 신사가 나왔다. 그러고는 세몬의 집을 향해 입구 층계를 올라왔다.

마트료나는 뛰어나가 문을 활짝 열었다. 신사는 몸을 굽히고 안으로 들어와 허리를 쭉 폈는데, 머리는 거의 천장에 닿을 지경이고, 온 방 안은 신사의 몸뚱이로 꽉 들어찬 것 같았다.

세몬은 일어서서 인사했으나 신사의 큰 몸집을 보고 벌린 입을 다물지 못했다. 이런 사람은 이제까지 본 일이 없었다.

세몬은 야윈 편이고 미하일도 깡마른 편이며 마트료나조차도 마치 마른 나무 잎사귀처럼 살이 없었다. 그런데 이 신사는 다른 나라에서 왔는지 얼굴이 불그스름하니 윤이 나고 목은 황소처럼 굵어서 마치 몸뚱이 전체가 무쇠로 된 것 같았다.

신사는 후욱 숨을 크게 내쉬더니 모피 외투를 벗으며 의자에 앉아 말했다.

"이 구둣방 주인이 누군가?"

세몬이 나서서 말했다.

"제가 주인인뎁쇼, 나으리."

그러자 신사는 자기가 데리고 온 젊은 하인에게 커다란 소

리로 명령했다.

"페치카, 그걸 이리 가져 와!"

하인이 달려가더니 무슨 꾸러미를 가지고 왔다. 신사는 꾸
러미를 받아 테이블 위에 놓더니 '끌러라' 하고 그 젊은이에
게 명령했다.

하인은 보퉁이를 끌렀다.

신사는 거기서 나온 가죽을 손가락으로 가볍게 찌르며 세
몬에게 말했다.

"주인장, 이것이 무슨 가죽인지 알겠나?"

"네, 나으리."

"이 봐, 이 가죽이 무슨 가죽인지 안단 말인가?"

"아주 좋은 가죽입니다."

"그야 물론 틀림없이 좋은 가죽이지. 바보 같으니라고, 자
네는 이제까지 이런 가죽은 보지도 못했을 거야. 독일산이야,
이건. 20루블이나 주었다고!"

세몬은 겁을 먹고 말했다.

"저 같은 사람이 어찌 구경이나 했겠습니까?"

"그야 당연하지. 어디 이 가죽으로 내 발에 꼭 맞는 구두를
지을 수 있겠나?"

"지을 수 있구말굽쇼, 나으리."

신사는 느닷없이 소리질렀다.

"지을 수 있다고? 너는 누구의 구두를 짓는지, 무슨 가죽으로 짓는지를 명심해야 해. 나는 일 년을 신어도 찢어지지 않고 모양이 변치 않는 구두를 원해. 그렇게 만들 수 있으면 일에 착수하고 안 될 것 같으면 손도 대지 마. 미리 말해 두겠는데 만약 구두가 일 년이 채 되지 않아 찢어지거나 모양이 변하거나 하면 네놈을 감옥에 넣어 버릴 테다. 만일 일 년이 넘도록 모양이 변하지도 않고 찢어지지도 않으면 삯으로 10루블을 주겠다."

세묜은 겁이 더럭 나서 대답할 말을 잃고 미하일 쪽을 돌아다보았다. 그러고는 미하일을 쿡 찌르면서 작은 목소리로 물었다.

"어떻게 하지?"

미하일은 자신 있다는 듯이 고개를 살짝 끄덕였다.

세묜은 미하일의 고갯짓을 보고 1년 동안 일그러지지도 찢어지지도 않을 구두를 주문받았다.

신사는 젊은이를 불러 왼쪽 구두를 벗기게 하고 다리를 쭉 폈다.

"치수를 재라!"

세묜은 한 자(尺) 이상이나 되는 종이를 꿰매 붙여 바닥에 폈다. 그리고 두 무릎을 꿇고선 신사의 양말을 더럽힐세라 앞치마에 손을 잘 닦은 다음, 치수를 재기 시작했다. 바닥을 재고 발등 높이를 재고 종아리를 잴 차례가 되었는데 종이 양 끝이 마주 닿지 않았다. 신사의 종아리가 통나무만큼이나 굵었던 것이다.

"똑바로 해! 거긴 좀 넉넉해야 하니까."

세묜은 다시 종이를 덧붙였다. 신사는 거만하게 앉아 양말 속의 발가락을 꼼질꼼질 놀리면서 방 안 사람들을 둘러보다가 미하일을 보더니 물었다.

"저건 누구야?"

"제 조수 미하일입니다. 미하일이 구두를 만들 겁니다."

"똑똑히 알아 둬라. 일 년간은 끄떡도 않도록 꿰매야 한다."

신사는 이렇게 미하일에게 말했다. 세묜도 미하일을 돌아다보았다. 그런데 미하일은 신사의 얼굴은 보지 않고 그 뒤의 구석을 응시하고 있었다.

마치 누구인지를 알아 내려고 하는 듯한 표정이었다. 물끄러미 응시하고 있던 미하일은 갑자기 싱긋 웃더니 환하게 밝아졌다.

"뭘 싱글거리고 있는 거야? 바보처럼. 정신차려서 기한 안에 만들어 낼 생각이나 하지 않고."

그러자 미하일이 말했다.

"네, 그렇게 하겠습니다."

"좋아, 좋아."

신사는 구두를 신고 모피 외투를 입은 후 문간 쪽으로 걸음을 옮겼다. 그런데 허리 굽히는 것을 잊었기 때문에 이마를 문에다 세게 부딪쳤다.

신사는 욕설을 퍼붓고 이마를 문지르며 마차를 타고 가 버렸다.

신사가 나가자 세몬이 말했다.

"정말 굉장한 나으리야. 아마 웬만한 무기로도 죽이지 못할 걸. 방이 흔들리도록 이마를 부딪쳤는데도 별로 아프지도 않은가 봐."

그러자 마트료나도 거들었다.

"저렇게 부유한 생활을 하는데 체격인들 왜 좋지 않겠수. 저런 튼튼한 사람에게는 염라대왕도 감히 접근하지 못할 걸요."

7

세몬은 미하일에게 말했다.

"일을 맡긴 했지만 이거 까딱 잘못하는 날엔 감옥살이야. 가죽도 비싼데다, 나으리는 성깔이 대단하시고. 실수를 말아야 할 텐데. 자, 자네는 눈도 밝고 솜씨도 나보다 나으니 여기 이 치수 본을 주겠네. 나는 겉가죽을 꿰맬 테니까."

미하일은 이르는 대로 신사의 가죽을 테이블 위에 펼쳐 놓은 다음 칼을 들어 재단하기 시작했다.

마트료나는 미하일의 옆으로 다가가 그가 재단하는 것을 보고 깜짝 놀라고 말았다. 마트료나는 이제 구두 만드는 일에는 익숙한 터인데 가만히 보니 미하일은 장화 모양과는 전혀 다르게 둥글게 가죽을 자르는 것이 아닌가?

마트료나는 주의를 줄까 하다가 생각했다.

'아마 내가 구두를 어떻게 지을 것인지 잘못 들었는지도 몰라. 미하일이 더 잘 알고 있을 테니 참견하지 말아야지.'

미하일은 가죽 재단을 마치고 실을 바늘에 꿰어 꿰매기 시작했는데, 그것은 장화를 꿰매는 겹실이 아니라 슬리퍼를 꿰매는 홑실이었다.

그것을 보고 마트료나는 또 크게 놀랐으나 역시 참견하지 않았다. 미하일은 열심히 꿰매고 있었다.

점심때가 되어 세묜이 일어나 보니, 미하일은 신사의 가죽으로 슬리퍼를 꿰매 놓고 있었다.

세묜은 '앗!' 하고 소리를 질렀다.

이게 대체 무슨 일일까. 그는 속으로 생각했다.

'미하일은 일 년이 되도록 실수한 적이 한 번도 없었는데! 이런 일이 생기다니! 나으리는 굽이 있는 장화를 주문했는데 미하일은 평평한 슬리퍼를 만들어 버렸으니 가죽을 못쓰게

하지 않았나. 나으리에겐 뭐라고 변명을 해야 한단 말인가? 이런 비싼 가죽은 구할 수도 없을 텐데……'

세묜은 미하일에게 말했다.

"아니 여보게, 대체 정신을 어디다 두고 일하는 건가? 나으리는 장화를 주문했는데 자넨 도대체 뭘 만들었나?"

세묜이 미하일에게 꾸지람을 하는데 바깥문의 고리쇠가 덜컹거리더니 문을 두드리는 소리가 났다. 창문으로 내다보니 누군가 타고 온 말을 붙들어 매고 있는 참이었다. 나가 보니 그 나으리의 하인이 와 있었다.

"안녕하십니까?"

"어서 와요. 무슨 볼일이라도?"

"구두 일로 마님의 심부름을 왔지요."

"구두 일로?"

"구둔지 뭔지, 하여간 장화는 이제 필요 없게 되었어요. 나으리는 돌아가셨으니까요."

"아니 뭐라고요?"

"여기서 저택으로 돌아가시는 도중 마차 안에서 돌아가셨어요. 마차가 저택에 닿아, 내리는 걸 도와드리려고 보니까 나으리는 짐짝처럼 뒹굴고 있지 않겠습니까. 돌아가신 거에요. 간신히 마차에서 끌어내린 형편이죠. 그래서 마님께서 나를 불러 '너 구둣방에 가서 이렇게 전해라. 아까 나으리가 주문하신 장화는 이제 필요 없게 되었으니 그 가죽으로 죽은 사람에게 신기는 슬리퍼를 지어 달라고 말이야. 그리고 다 꿰매기를 기다려서 그 슬리퍼를 가지고 와야겠다.' 이렇게 말씀하셨습니다. 그래서 이렇게 왔지요."

미하일은 테이블 위에서 마름질하고 남은 가죽을 집어 둘둘 뭉치고 다 된 슬리퍼를 꺼내어 탁탁 소리내어 털고는 앞치마로 곱게 닦아 하인에게 내밀었다. 하인은 슬리퍼를 받자 인사했다.

"안녕히 계십시오. 여러분, 그럼 갑니다!"

그러고는 돌아갔다.

8

다시 1년이 지나고 2년이 지나, 미하일이 세묜의 집으로 온지도 이제 6년이 되었다. 여전히 처음이나 마찬가지로 아무데도 가지 않고 한 마디도 공연한 말은 지껄이지 않았다. 그동안 싱긋 웃은 것은 단 두 번뿐, 마트료나가 저녁 식사를 차려 주었을 때와 장화를 맞추러 온 신사를 보았을 때였다.

세묜은 자기 제자가 대견해서 견딜 수가 없었다. 이제는 어디서 왔는지를 묻지도 않고 다만 미하일이 나가면 어쩌나 하고 그것만을 걱정하게 되었다.

하루는 온 식구가 모여 앉아 있었다. 마트료나는 화덕에 냄비를 올려놓고 있었고, 아이들은 의자 사이를 뛰어다니며 놀고 있었다. 세몬은 창가에서 구두를 꿰매고 있었고, 미하일은 다른 창가에서 구두 뒤꿈치를 붙이고 있었다.

잠시 후 사내아이 하나가 의자를 타고 미하일 곁으로 다가오더니 그의 어깨를 흔들면서 이상하다는 듯 창 밖을 내다보며 말했다.

"미하일 아저씨, 저것 좀 봐요. 어떤 아주머니가 여자애 둘을 데리고 우리 집으로 오는 것 같애. 한 여자아이는 절름발이인데?"

사내아이의 말이 떨어지자마자 미하일은 하던 일을 멈추고 창 밖으로 고개를 돌려 유심히 바라보았다.

세몬이 돌아다보니 이제까지 창 밖으로는 눈길 한 번 주지 않던 미하일이 온정신을 쏟아 창 밖을 살피는 중이었다.

그래서 세몬도 일을 멈추고 창 밖을 내다보았다. 정말 단정한 옷차림을 한 부인이 자기 집 쪽을 향해 오고 있었다. 부인은 모피 외투를 입고 긴 목도리를 목에 두른 두 계집아이의 손을 잡고 있었다. 계집아이들은 얼굴이 서로 닮아 누가 누군지 모를 지경이었다. 다만 한 아이는 다리를 가볍게 절룩거리며 걷고 있었다. 여인은 바깥 층계를 올라와 입구로 들어와서 문을 열더니 두 계집아이를 앞세워 방 안으로 들어왔다.

"안녕하세요?"

"어서 오십시오. 무슨 일이신지……."

여인은 테이블 곁에 앉았다. 두 계집아이는 여인의 무릎에 안기듯이 기댔는데 낯설어하는 모양이었다.

"저어, 이 아이들이 봄에 신을 가죽 구두를 맞출까 해서요."

"아, 그렇습니까? 우리는 어린애들의 구두를 지어 본 적은 없지만 할 수 있습니다. 가장자리 장식이 달린 걸로 할까요, 안에 천을 대어 접는 것으로 할까요? 이 미하일이 여간 솜씨가 좋은게 아닙니다."

세몬이 미하일을 돌아다보니 미하일은 우두커니 앉아 두 계집아이에게서 눈길을 떼지 않고 있었다.

세몬은 그런 미하일의 모습이 이상하게 생각되었다. 하긴 두 아이 모두 귀여운 얼굴이었다. 눈이 까맣고, 뺨이 통통하고 발그레하며, 입고 있는 모피 외투도, 목에 두른 목도리도 고급이었다.

그렇더라도 무슨 이유로 미하일이 저렇게 뚫어져라 바라보고 있는지 납득이 가지 않았다. 마치 두 계집아이를 알고 있기라도 한 듯했다.

세몬은 의아스럽게 여기면서도 여인에게로 돌아앉아 값을 흥정했다. 가격을 정하고 치수를 잴 차례가 되었다. 여인은 절름발이 계집아이를 안아올려 무릎에 앉혔다.

"어렵겠지만 이 아이로 두 아이의 치수를 재 주세요. 불편한 발쪽은 한 짝만 하고 이쪽 발에 맞춰서 세 짝을 지어 주세요. 둘의 발 치수가 아주 꼭 같거든요, 아주 똑같은 쌍둥이지요."

세묜은 치수를 재고 절름발이 쪽을 가리키며 말했다.

"이 아이는 어쩌다가 이렇게 됐습니까? 이렇게 귀여운 아이가……. 태어날 때부터 그런가요?"

이에 부인이 대답했다.

"아니에요, 그애 어머니가 그렇게 했어요."

그때 마트료나가 말참견을 하고 나섰다. 어디에 사는 누구의 아이인지 알고 싶어 이렇게 물은 것이다.

"그럼, 부인께선 이 아이들의 친엄마가 아니신가요?"

"나는 어머니도 아니고 친척도 아니지요. 아무 상관도 없는 남인데 그냥 맡아서 키우노라니 정이 들었어요."

"어머나, 그럼 아주머니가 낳은 아이도 아닌데 정이 들었단 말이죠?"

"물론이지요. 나는 두 아이를 다 내 젖으로 키웠어요. 내 아이도 있었지만 하느님께서 데려가셨어요. 그 아이는 그다지 불쌍한 마음이 들지 않았는데 이애 둘은 정말 애처로워서……."

"그런데 대관절 누구의 애들인가요?"

9

여인은 다음과 같이 이야기를 했다.

"벌써 6년 전의 일입니다. 이 두 아이는 1주일도 못 되어 천애 고아(天涯孤兒)가 되어 버렸던 거예요. 아버지는 아이들이 태어나기 사흘 전에 죽고, 어머니는 아기를 낳고 하루도 못 살았으니까요.

나는 그 당시 남편과 농사를 지으며 살았는데 이 아이들의 부모와는 이웃간이었지요. 우린 늘 뒷문으로 서로 왕래했지요.

이애들의 아버지는 숲에서 나무를 베고 다듬어 내는 일을 했지요. 그런데 어느 날 큰 나무가 쓰러지면서 허리를 세게 맞아 쓰러지지 않았겠어요. 집으로 간신히 돌아왔지만 곧 저 세상으로 가 버렸지요. 그런데 그 아내 되는 사람은 며칠 후에 쌍둥이를 낳았던 거예요. 이 아이들이 바로 그애들이지요. 가난한데다가 일가 친척도 없고 일을 보아 줄 만한 할머니나 아주머니 하나 없이 그야말로 외톨이라 혼자 해산하다가 죽어 간 거지요.

내가 그 이튿날 아침에 궁금해서 뒷문으로 그 집에 들어가 보았더니 가엾게도 벌써 숨이 끊어져 있었지요. 게다가 숨이 넘어가는 순간 바로 이 아이에게로 쓰러져 버렸기 때문에 몸의 무게로 다리를 못 쓰게 만들었던 거예요.

마을 사람들이 모여 수의를 입히고 관을 짜고 해서 장례식을 마쳤지요. 모두들 친절한 사람들이거든요.

그런데 갓난아이 둘만 남았으니 정말로 큰일이었습니다. 거기 모인 여자 중에 젖먹이를 가진 사람은 저뿐이었어요. 태어난 지 8주 된 첫아들에게 젖을 먹이고 있었죠. 그래서 내가 임시로 두 계집아이를 맡기로 했지요. 마을 사람들이 모여 이 아기들을 어떻게 해야 하는지 여러 가지로 의논한 끝에 이렇게 말했습니다.

'마리아가 이 아기들을 한동안 맡아 주지 않겠어요? 조금만 돌보아 주면 우리가 곧 다른 방법을 찾을 테니까요.'

저는 다리가 온전한 아이에게만 젖을 빨렸습니다. 이쪽 절름발이 아이에게는 줄 생각도 안 했죠. 도저히 살 수 있으리라고는 생각하지 못했기 때문이었어요. 그러다가 어느 날 갑자기 어떻게나 측은한지 그 뒤부터는 꼭 같이 젖을 물려 주기 시작했지요. 그래서 내 아이와 두 계집아이, 말하자면 세 아이를 동시에 젖을 먹였던 것입니다! 그나마 내 나이가 젊어 기운도 있고 먹새도 좋았으니까 괜찮았죠. 두 아이에게 젖을 물리고 있으면 다음 애가 기다리고 있어, 하나가 젖꼭지를 놓는 대로 기다리는 애에게 젖을 주고 그랬었지요. 그런데 하느님의 뜻으로 이 두 아이는 잘 자랐으나 내 아들은 2년째 되던 해에 죽어 버리고 그 뒤 나는 아기를 낳지 못했죠.

다행히도 살림살이는 차차 좋아져서 지금은 이 거리 상인들의 소유인 수차장(水車場)을 맡아보고 있답니다. 급료도 넉넉해서 유복한 살림을 꾸려 가기는 합니다만 아이는 생기지 않는군요. 정말 이 두 아이가 없었더라면 혼자 쓸쓸해서 어떻게 살았겠어요! 내가 이 아이들을 귀여워하는 것은 당연하지요. 이 두 아이는 내게 있어서 촛불과도 같아요."

여인이 한쪽 손으로 절름발이 계집아이를 끌어당기고 한쪽 손으로 뺨에 흐르는 눈물을 닦았다.

마트료나도 눈물을 글썽이며 말하였다.

"부모 없이는 살아갈 수 있지만 하느님 없이는 살아가지 못한다고 말하는데, 정말로 그런 것 같군요!"

세 사람이 이런 말들을 주거니받거니하고 있는 동안, 갑자기 미하일이 앉아 있는 쪽 구석에서 섬광이 비쳐와 온 방 안이 환하게 밝아졌다. 모두가 놀라 그 쪽을 돌아다보니 미하일은 두 손을 무릎 위에 얹고 위를 쳐다보면서 싱긋 웃고 있었다.

10

여인이 두 계집아이를 데리고 나가자 미하일은 의자에서 일어나 일감을 테이블 위에 올려놓고 앞치마를 벗으며 주인 내외에게 허리를 굽혀 인사했다.

"안녕히 계십시오, 주인 아저씨. 이제 하느님께서도 저를 용서하셨으니, 두 분께서도 저를 용서해 주십시오."

세묜 내외가 그를 바라보니 미하일에게서 후광(後光)이 비치고 있지 않은가. 세묜은 미하일에게 고맙다고 인사말을 했다.

"미하일, 자네는 보통 인간은 아닌 모양이니 자네를 붙잡을 수도 없고, 꼬치꼬치 캐물을 수도 없네. 단지 꼭 한 가지만 알고 싶은 것이 있네. 자네를 이끌고 집으로 돌아왔을 때 자네는 몹시 침울한 얼굴을 하고 있었으나 내 아내가 저녁 식사를 차려 주니까 자네는 싱긋 웃으며 밝은 표정을 지었는데 어찌 된 까닭인가? 또 나으리가 장화를 주문했을 때도 자네는 웃으면서 표정이 밝아졌었네. 지금 또 부인이 아이 둘을 데리고 왔을 때 자네는 세 번째로 싱긋 웃었네. 그리고 몸에서는 후광이 비쳤네. 미하일, 어떻게 자네 몸에서 그런 빛이 비치는지, 그리고 왜 세 번 싱긋 웃었는지 그 까닭을 좀 말해 주게나."

미하일은 말했다.

"제 몸에서 빛이 나는 것은 다름이 아닙니다. 저는 하느님의 벌을 받고 있는 중이었는데 지금 용서받았기 때문입니다. 또 제가 세 번 싱긋 웃은 것은 하느님의 세 가지 말씀을 알아냈기 때문입니다. 한 가지 말씀은 아주머니가 저를 가엾다고 생각하셨을 때에 깨달아서 웃었고, 또 한 가지 말씀은 부자

나으리가 장화를 주문했을 때 알게 되어 웃었습니다. 그리고 지금 두 계집아이를 보았을 때 마지막 세 번째 말씀을 알게 되어 또다시 웃은 것입니다."

거기서 세묜은 말했다.

"그럼 내게 들려주지 않겠나, 미하일? 어떻게 하여 하느님께서 자네에게 벌을 내리셨는지, 그리고 자네가 알지 않으면 안 되었던 세 가지 말씀이란 대체 무엇인지."

그러자 미하일은 대답했다.

"제가 벌을 받은 것은 하느님의 말씀을 거역했기 때문입니다. 저는 천사(天使)였는데 하느님의 말씀을 거역했습니다.

어느 날 하느님은 지상에 내려가 한 여자에게서 영혼을 거두도록 제게 명령하셨습니다. 제가 인간 세계에 내려와 보니 그 여인은 몹시 쇠약한 몸으로 누워 있었습니다. 쌍둥이 딸을 낳았던 것입니다. 갓난아기는 어머니 곁에서 꼬무락거리고 있었으나 어머니는 젖을 줄 기운이 없어 보였습니다. 여인은 제 모습을 발견하자 하느님이 부르러 보내신 줄 짐작하고 매우 슬프게 흐느끼며 말했습니다.

'아아, 천사님! 제 남편은 숲에서 나무에 깔려 죽어 바로 며칠 전에 장례식을 치른 참입니다. 제게는 형제나 일가 친척도 없기 때문에 이 갓난애들을 거두어 줄 사람이 아무도 없습니다. 제발 제 생명을 가져가지 마시고 이 아이들을 내 손으로

직접 키우게 해 주세요! 어린아이는 부모 없이는 살지 못합니다!'

저는 그녀의 말을 듣고 한 아이를 안아 젖꼭지를 물려 주고 다른 한 아이를 어머니의 팔에 안겨 준 다음 하늘 나라로 돌아갔습니다. 그리고 하느님께 고백했습니다.

'저는 산모(産母)의 혼을 빼올 수가 없었습니다. 남편은 나무에 깔려 죽고, 부인은 방금 쌍둥이를 낳고서 제발 생명을 거두어 가지 말아 달라고 애원하는 것이었습니다. 자기 손으로 아이들을 키우게 해 달라면서 어린아이는 부모 없이는 살지 못한다는 것이었습니다. 그래서 저는 그냥 돌아왔습니다.'

그러자 하느님께서는 이렇게 말씀해 주셨습니다.

'다시 내려가 산모의 혼을 거두어라. 그러면 세 가지 말을 알게 되리라. 즉 사람의 마음 속에는 무엇이 있는가, 사람에게 허락되지 않은 것은 무엇인가, 사람은 무엇으로 사는가를. 그것을 알게 되면 하늘 나라로 돌아올 수 있으리라.'

그래서 저는 다시 지상으로 내려가 산모의 혼을 데려갔습니다. 두 아기는 어머니의 가슴에서 떨어져 있었으나 시신(屍身)이 침상 위에서 쓰러지는 바람에 한 아이를 덮쳐 눌러 한쪽 다리를 못 쓰게 한 것입니다. 저는 여인의 혼과 함께 하늘로 날아올라갔는데 갑자기 거센 바람이 휘몰아치면서 제 두 날개를 부러뜨렸습니다. 그래서 여인의 혼만 하느님께 가고,

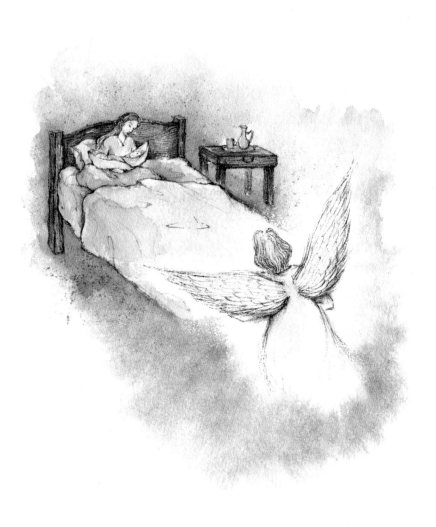

저는 지상으로 떨어져 길바닥에 쓰러졌던 것입니다."

11

그때 세묜과 마트료나는 함께 생활했던 사람이 누구인지, 자기들과 같이 살면서 일해 온 사람이 누구인지를 알고 두려움과 기쁨으로 눈물을 흘렸다.

그러자 천사는 말했다.

"저는 알몸인 채 홀로 들판에 버려졌습니다. 저는 인간의 부자유라는 것도, 추위도 배고픔도 모르고 있었는데 그런 제가 갑자기 인간이 되어 버린 것입니다. 배고픔도 극한에 달했고, 몸도 얼어붙어 어떻게 해야 좋을지 몰랐습니다.

문득 들 한가운데 하느님을 모시는 교회가 눈에 띄어 몸을 의지하려고 그 곁으로 다가갔으나 문이 잠겨 있어 안으로 들어갈 수가 없었습니다.

저는 바람을 피하려고 교회 옆으로 돌아가 앉았습니다. 이윽고 날이 저물자, 배고픔은 더욱 심해지고 몸은 얼대로 얼어, 저는 완전히 지쳐 버렸습니다.

그때 문득 어떤 사람이 신발 한 켤레를 들고 걸어오면서 혼잣말을 하는 소리가 귀에 들려왔습니다. 저는 인간이 되어서 맨 처음, 언젠가는 죽을 인간의 얼굴을 보았습니다. 저는 그 얼굴이 무서워 홱 돌아앉았습니다. 그런데 자세히 들으니 그 사나이는, 어떻게 이 추운 겨울에 몸을 감쌀 옷을 마련해야 할 것인가, 어떻게 처자를 먹여 살려야 할 것인가를 중얼거리는 것이었습니다. 거기서 나는 생각했습니다.

'이젠 더 이상 추위와 배고픔을 견딜 수가 없구나. 저기 오는 사람에게 부탁해 볼까? 하지만 저 사람은 모피 외투를 걱정하는 걸로 보아 나를 도와 줄 만한 힘이 없을 거야.'

그는 저를 발견하자 얼굴을 찡그리고 먼저보다 더 무서운 표정이 되어 터덜터덜 제 곁을 지나갔습니다. 그나마 한 줄기 희망도 사라져 버린 느낌이었는데 갑자기 사나이가 되돌아오는 발소리가 들렸습니다.

다시 그 얼굴을 쳐다보았을 때는 방금 지나간 사나이가 아니구나 하고 생각했을 정도였습니다. 좀전의 그 얼굴에는 죽음의 기운이 서려 있었습니다만, 생기가 돌고 그 얼굴에 신(神)의 그림자가 어려 있었습니다. 사나이는 제 곁에 다가와서 옷을 입혀 주고 저를 데리고 집으로 돌아갔습니다.

집에 이르니 한 여자가 나와 말을 늘어놓기 시작했는데 그 여자는 사나이보다 더 무서웠습니다. 그 입에서는 죽음의 입김이 뿜어나와 저는 그 독기 때문에 숨을 쉴 수도 없었습니다. 여자는 저를 추운 밖으로 몰아 내려고 했습니다. 만약 그대로 나를 내쫓았더라면 여자는 죽고 말았을 것입니다. 그것을 저는 알고 있었으니까요. 그러나 그때 남편이 갑자기 하느님의 얘기를 꺼내자 여자는 금방 태도가 누그러졌습니다. 여자가 제게 저녁을 권하면서 저의 얼굴을 흘끗 쳐다보았을 때 그 얼굴에는 죽음의 그림자가 이미 자취도 없이 사라지고 생기가 넘쳐 있었습니다. 저는 거기서 신의 얼굴을 발견한 것입니다.

그때 저는 '사람의 마음속에는 무엇이 있는지 그것을 알게 되리라'고 하신 하느님의 첫 번째 말씀을 생각해 냈습니다. 나는 사람의 내부에 있는 것은 '사랑'이라는 것을 깨달았습니다. 하느님께서는 약속하신 일을 이렇게 내게 계시(啓示)해 주시는구나, 생각하니 저는 그만 너무 기뻐서 싱긋 웃고 말았습니다. 그러나 그때도 그 전부를 알 수는 없었습니다. '사람에게 무엇이 허락되어 있지 않은가, 사람은 무엇으로 사는가'를 아직 몰랐던 것입니다.

당신들과 같이 살면서 1년이 지났습니다. 그러던 어느 날 한 사나이가 찾아와서 1년 동안 닳지도, 찢어지지도, 일그러지지도 않을 장화를 만들어 달라고 했습니다. 제가 문득 그 사나이를 쳐다보니 뜻밖에도 사나이의 등 뒤에 나의 동료였던 죽음의 천사가 서 있는 것을 발견했습니다. 저 이외에는 아무도 그 천사를 보지 못했지만 저는 알고 있었죠. 그리고 채 날이 저물기도 전에 그의 영혼은 그에게서 떠나 버린다는 것을 알았습니다. 저는 생각했습니다.

'이 사나이는 일 년 신어도 끄떡없는 구두를 만들라고 하지만 자기가 오늘 저녁 안으로 죽는다는 것은 모른다.'

그래서 '사람에게 허락되지 않은 것은 무엇인가' 라는 하느님의 두 번째 말씀을 생각해 냈습니다. 사람의 마음속에는 무엇이 있는가는 이미 알아 냈습니다. 그런데 이번에는 사람에게 주어지지 않은 것이 무엇인지를 알아 냈습니다. 그것은 자기 몸에 무엇이 필요한가 하는 지식입니다. 그래서 저는 두 번째로 싱긋 웃었습니다. 친구였던 천사를 만난 일도 기뻤으며, 하느님께서 두 번째의 말씀을 계시해 주신 것도 기뻤습니다.

그렇지만 아직 전부는 깨닫지 못했습니다. 저는 아직 '사람은 무엇으로 사는지'를 몰랐던 것입니다. 그래서 저는 언제까지나 여기 있으면서 하느님께서 최후의 말씀을 계시해 주실 때를 기다렸습니다.

6년째 되는 오늘, 쌍둥이 계집아이를 키우는 부인이 아이들을 데리고 찾아와 그들을 보게 되었을 때, 저는 엄마가 없더라도 두 쌍둥이는 잘 자라고 있다는 것을 알았습니다. 저는 생각했습니다.

'어머니가 자식을 봐서 살려 달라고 부탁했을 때 나는 그 말을 정말이라 믿고, 아이들은 부모 없이 살아가지 못한다고 생각했는데 다른 사람이 아무 탈 없이 두 아이를 잘 기르고

있지 않은가.'

또한 저는 그 부인이 다른 사람의 아이로 인해 눈물을 흘렸을 때 거기서 살아 계신 신의 그림자를 발견했고, '사람은 무엇으로 사는가'를 깨달았습니다. 하느님께서 최후의 말씀을 계시하여 저를 용서해 주셨다는 것을 알았으므로 세 번째로 싱긋 웃었던 것입니다."

12

그러자 미하일은 천사로 변했는데 온몸이 빛으로 둘러싸여서 눈을 똑바로 뜨고 볼 수조차 없을 정도였다. 천사는 커다란 목소리로 이야기하기 시작했다. 그것은 그가 스스로 말하는 것이 아니라 하늘에서 울려오는 목소리 같았다. 천사는 이렇게 말했다.

"내가 지상에서 깨달은 것은, 모든 사람은 자신만을 생각하는 마음에 의하여 살아가는 것이 아니라 사랑으로 살아가는 것이다.

어머니는 자기 아이들의 생명을 위해서 무엇이 필요한가를 알지 못하게 되어 있었다. 또 부자는 자기에게 무엇이 필요한지 알지 못했다.

저녁때까지 무엇이 필요한지, 산 자가 신는 장화인지, 죽은 자에게 신기는 슬리퍼인지를 아는 것이 어떤 사람에게도 허락되지 않았다.

내가 인간이 되고 나서 무사히 살아갈 수 있었던 것은 내가 자신의 일을 잘 돌보았기 때문이 아니라, 마음씨 선량한 두 부부에게 사랑이 있어 나를 불쌍하게 여기고 도와주었기 때문이다.

고아가 잘 자라고 있는 것은 모두가 두 아이의 생계를 걱정해 주었기 때문이 아니라, 타인인 한 여인에게 사랑의 마음이 있어 그애들을 가엾게 생각하고 사랑해 주었기 때문이다.

모든 인간이 살아가고 있는 것도 모두가 각기 자신의 일을 걱정하고 있기 때문이 아니라 그들 속에 사랑이 있기 때문이다.

나는 이전에 하느님께서 인간에게 생명을 내려 주시고 모두가 함께 살아가도록 바라고 계시다는 것을 알았지만 이번에는 한 가지 일을 더 깨달았다.

내가 깨달은 것은 다름이 아니라, 하느님께서는 인간이 개개인을 위해 사는 것을 원하지 않으신다. 그렇기 때문에 인간 각자에게 무엇이 필요한가를 계시하지 않았던 것이다. 인간이 서로 돕고 사는 것을 원하시기 때문에 우리들에게, 모든 인간은 자신을 위해서, 또 만인을 위해서 무엇이 필요한가를 계시하신 것이다.

이제야말로 나는 깨달았다. 모두가 자신을 걱정함으로써

살아갈 수 있다고 생각하는 것은, 다만 인간들이 그렇게 생각하는 것일 뿐, 사실은 사랑에 의해 살아가는 것이다. 사랑 속에 사는 자는 하느님 안에 살고 있다. 하느님은 그 사람 안에 계시다. 왜냐하면 하느님은 사랑이시므로."

그렇게 말하고 천사는 집 안이 울릴 정도로 큰 목소리로 찬송을 했다. 그 다음 순간 천장이 두 쪽으로 쫙 갈라지면서 땅에서 하늘까지 불기둥이 뻗쳤다.

세묜 내외와 아이들도 모두 땅바닥에 엎드렸다. 미하일의 등에서 날개가 활짝 펼쳐지더니 천사는 하늘로 날아 올라갔다.

세묜이 이윽고 정신을 차렸을 때는 집은 예전대로였고 방에는 그의 가족들만 덩그러니 남아 있었다.